TROIS FILLES
DE LEUR MÈRE

PIERRE LOUŸS

TROIS FILLES DE LEUR MÈRE

LE GRAND LIVRE DU MOIS

I

« Eh bien, vous êtes vif ! dit-elle. Nous emménageons hier, maman, mes sœurs et moi. Vous me rencontrez aujourd'hui dans l'escalier. Vous m'embrassez, vous me poussez chez vous, la porte se referme... Et voilà.

— Ce n'est que le commencement, fis-je avec toupet.

— Ah ! oui ? Vous ne savez pas que nos deux appartements se touchent ? Qu'il y a même entre eux une porte condamnée ? et que je n'ai pas besoin de lutter si vous n'êtes pas sage, monsieur. Je n'ai qu'à crier : « Au viol, maman ! Au satyre ! à l'attentat ! ».

Cette menace prétendait sans doute m'intimider. Elle me rassura. Mes scrupules se turent. Mon désir délesté fit un bond dans l'air libre.

La jeune personne de quinze ans qui était devenue ma captive portait des cheveux très noirs noués en catogan, une chemisette agitée, une jupe de son âge, une ceinture de cuir.

Svelte et brune et frémissante comme un cabri lancé par Leconte de Lisle, elle serrait les pattes, elle baissait la tête sans baisser les yeux comme pour donner des coups de corne.

Les mots qu'elle venait de me dire et son air de volonté m'enhardissaient à la prendre. Pourtant je ne croyais pas que les choses iraient si vite.

« Comment vous appelez-vous ? dit-elle.

— X... J'ai vingt ans. Et vous ?

— Moi, Mauricette. J'ai quatorze ans et demi. Quelle heure est-il ?

— Trois heures.

— Trois heures ? répéta-t-elle en réfléchissant... Vous voulez coucher avec moi ? »

Ahuri par cette phrase que j'étais loin d'attendre, je reculai d'un pas au lieu de répondre.

« Écoutez-moi, dit-elle, en posant le doigt sur la lèvre. Jurez de parler bas, de me laisser partir à quatre heures... Jurez surtout de... Non. J'allais dire : de faire ce qui me plaira... Mais si vous n'aimez pas ça... Enfin jurez de ne pas faire ce qui ne me plaira pas.

— Je jure tout ce que vous voudrez.

— Alors je vous crois. Je reste.

— Oui ? c'est oui ? répétai-je.

— Oh ! mais il n'y a pas de quoi se taper le derrière par terre ! » fit-elle en riant.

Provocante et gaie comme une enfant, elle toucha, elle empoigna l'étoffe de mon pantalon avec ce qu'elle y sut trouver, avant de fuir au fond de la chambre où elle retira sa robe, ses bas, ses bottines... Puis, tenant sa chemise des deux mains et faisant une petite moue :

« Je peux toute nue ? me demanda-t-elle.

— Voulez-vous aussi que je vous le jure ?... En mon âme et conscience...

— Vous ne me le reprocherez jamais, fit-elle en imitant mon accent dramatique.

— Jamais !

— Alors... la voilà, Mauricette ! »

Nous tombâmes tous deux sur mon grand lit, dans les bras l'un de l'autre. Elle me heurta de sa bouche. Elle me poussait les lèvres avec force, donnait sa langue avec élan... Elle fermait presque les yeux, puis les ouvrait en sursaut... Tout en elle avait quatorze ans, le regard, le baiser, la narine... A la fin, j'entendis un cri étouffé, comme d'une petite bête impatiente. Nos bouches se quittèrent, se reprirent, se séparèrent encore.

Et, ne sachant pas très bien quelles mystérieuses vertus elle m'avait fait jurer de ne pas lui ravir, je dis au hasard quelques balivernes pour apprendre ses secrets sans les lui demander.

« Comme c'est joli, ce que tu t'es mis sur la poitrine ! Quel nom cela prend-il chez les fleuristes ?

— Des nichons.

— Et ce petit Karakul que tu as sous le ventre ? C'est la mode, maintenant, de porter des fourrures au mois de juillet ? Tu as froid là-dessous ?

— Ah ! non ! pas souvent !

— Et ça ! je ne devine pas du tout ce que ça peut être.

— Tu ne devines pas, répéta-t-elle d'un air malin. Tu vas le dire toi-même, ce que c'est. »

Avec l'impudeur de la jeunesse, elle écarquilla les cuisses, les dressa des deux mains, ouvrit sa chair... Ma surprise fut d'autant plus vive que la hardiesse de la posture ne me préparait guère à une telle révélation.

« Un pucelage ! m'écriai-je.

— Et un beau !

— Il est pour moi ? »

Je pensais qu'elle me dirait non. J'avouerai même que je l'espérais.

C'était un de ces pucelages impénétrables comme il m'est arrivé d'en prendre deux. Hélas ! J'ai bien souffert.

Néanmoins je me piquai de voir Mauricette répondre à ma question en se passant un doigt sous le nez, avec une bouche moqueuse qui voulait dire « Flûte » ou même pis. Et comme elle ouvrait toujours sous mes yeux ce que je ne devais pas toucher, une taquinerie me fit dire :

« Vous avez de bien mauvaises habitudes, mademoiselle, quand vous êtes toute seule.

— Oh ! à quoi vois-tu ça ? » dit-elle en fermant les jambes.

Ce mot fit plus que tout le reste pour la mettre à l'aise. Puisque je l'avais deviné, rien ne servait plus de le taire : elle s'en vanta. D'un air gamin, frottant à chaque fois sa bouche sur ma bouche, elle me répéta tout bas :

« Oui. Je me branle. Je me branle. Je me branle. Je me branle. Je me branle. Je me branle. Je me branle. Je me branle. »

Plus elle le disait, plus elle était gaie. Et ce premier mot lâché, tous les autres suivirent comme s'ils n'attendaient qu'un signe pour s'envoler :

« Tu vas voir comment je décharge.

— Je voudrais bien le savoir, en effet.

— Donne-moi ta queue.

— Où cela ?

— Trouve.

— Qu'est-ce qui est défendu ?

— Mon pucelage et ma bouche. »

Comme on ne peut aller au cœur féminin que par trois avenues... et comme j'ai une intelligence prodigieusement exercée à la divination des énigmes très difficiles... je compris.

Mais cette nouvelle surprise me coupait la parole : je ne répondis rien. Je donnai même à ce mutisme un air d'imbécillité pour laisser Mauricette expliquer elle-

même son mystère. Elle soupira en souriant, me jeta un regard de détresse qui signifiait : « Dieu ! que les hommes sont bêtes ! » puis elle s'inquiéta ; et ce fut elle qui me posa des questions.

« Qu'est-ce que tu aimes faire ? qu'est-ce que tu aimes le mieux ?

— L'amour, mademoiselle.

— Mais c'est défendu... Et qu'est-ce que tu n'aimes pas du tout, du tout ?

— Cette petite main-là, qui est pourtant jolie. Je n'en veux pour rien au monde.

— C'est pas de chance que je... fit-elle avec un trouble extrême... que je peux pas sucer... Tu aurais voulu ma bouche ?

— Tu me l'as donnée », fis-je en la reprenant.

Non, ce n'était plus la même bouche. Mauricette perdait contenance, n'osait plus parler, croyait tout perdu. Il n'était que temps de ramener un sourire sur ce visage désolé. Une de mes deux mains qui la tenaient serrée contre moi se posa tout simplement sur ce qu'elle désespérait de me faire accepter et même de me faire comprendre.

La timide enfant me regarda, vit que ma physionomie n'était pas sérieuse ; et, avec une brusquerie de métamorphose qui me fit tressaillir :

« Oh ! Crapule ! s'écria-t-elle. Animal ! Brute ! Putain ! Cochon !

— Mais veux-tu te taire !

— Depuis un quart d'heure il fait semblant de ne pas deviner et il se fiche de moi parce que je ne sais comment le dire. »

Elle reprit son air de gosse en bonne humeur, et, sans élever la voix, mais nez à nez :

« Si je n'en avais pas envie, tu mériterais que je me rhabille.

— Envie de quoi ?

— Que tu m'encules ! fit-elle en riant. Je te l'ai dit. Et avec moi, tu n'as pas fini d'en entendre. Je ne sais pas tout faire, mais je sais parler.

— C'est que... je ne suis pas sûr d'avoir bien entendu.

— J'ai envie de me faire enculer et de me faire mordre ! J'aime mieux un homme méchant qu'un homme taquin.

— Chut ! chut ! mais que tu es nerveuse, Mauricette !

— Et puis on m'appelle Ricette quand on m'encule.

— Pour ne pas dire le « Mau »... Allons ! calme-toi.

— Il n'y a qu'un moyen. Vite ! Tu veux ? »

Pas fâchée, peut-être même plus ardente, elle me rendit à pleine bouche le baiser que je lui donnais et, pour m'encourager sans doute, elle me dit :

« Tu bandes comme du fer, mais je ne suis pas douillette et j'ai le trou du cul solide.

— Pas de vaseline ? Tant mieux.

— Oh ! là ! là ! pourquoi pas une pince à gants ! »

Par une virevolte, elle me tourna le dos, se coucha sur le côté droit, et joua au doigt mouillé avec elle-même, sans autre préambule au sacrifice de sa pudeur. Puis, d'un geste qui m'amusa, elle ferma les lèvres de son pucelage, et elle fit bien car j'aurais pu croire que j'y pénétrais malgré mes serments. Ce doigt mouillé, c'était assez pour elle, c'était peu pour moi. Je trouvai qu'en effet elle n'était « pas douillette », ainsi qu'elle venait de me le faire savoir.

Et j'allais lui demander si je ne la blessais pas, quand, tournant sa bouche vers la mienne, elle me dit tout le contraire :

« Toi, tu as déjà enculé des pucelles.

— A quoi sens-tu cela ?

— Je te le dirai quand tu m'auras dit à quoi tu as vu que je me branlais.

— Petite saleté ! tu as le bouton le plus rouge et le plus gros que j'aie jamais vu sur un pucelage.

— Il bande ! murmura-t-elle en faisant les yeux doux. Il n'est pas toujours si gros... N'y touche pas... Laisse-le-moi... Tu voulais savoir à quoi je sens... que tu as enculé des pucelles ?

— Non. Plus tard.

— Eh bien ! la voilà, la preuve ! tu sais qu'il ne faut rien demander à une pucelle qui se branle pendant qu'on l'encule. Elle n'est pas foutue de répondre. »

Son rire s'éteignit. Ses yeux s'allongèrent. Elle serra les dents et ouvrit les lèvres.

Après un silence elle dit :

« Mords-moi... Je veux que tu me mordes... Là, dans le cou, sous les cheveux, comme les chats font aux chattes... »

Elle dit ensuite :

« Je me retiens... Je me touche à peine... mais... je ne peux plus, je vais jouir... Oh ! je vais jouir, mon... comment t'appelles-tu ?... mon chéri... Va comme tu veux !... de toutes tes forces ! comme si tu baisais !... J'aime ça !... Encore !... Encore ! »

Le spasme la raidit, la tint frémissante... Puis la tête retomba et je serrai le petit corps tout faible contre moi.

Amour ? Non, petite flamme d'une heure. Mais, en moi-même, je ne pus m'empêcher de dire : « Bigre ! »[1] et je saluai son réveil avec moins d'ironie que d'admiration :

« Tu vas bien, pour une pucelle !

1. Mot par lequel nous exprimons le mélange d'étonnement, d'attrait et d'inquiétude que nous inspire la précocité d'une jeune fille.

— Hein ! fit-elle sous une œillade.
— Naïve enfant ! Sainte innocence !
— L'as-tu senti que j'ai le trou du cul solide ?
— Du rhinocéros.
— Et nous sommes toutes comme ça dans la famille.
— Quoi ?
— Ha ! ha ! ha !...
— Qu'est-ce que tu dis ?
— Je dis : voilà comment nous donnons le derrière. Et tiens ! voilà comment nous jouissons par-devant. »

Avec la vivacité de son caractère, elle déploya d'un coup ses cuisses dont les muscles saillirent... Je reconnus à peine le paysage.

« Les Jardins sous la Pluie ! m'écriai-je.

— Et avec le doigté ! répéta-t-elle en riant. Tiens, je vais te donner quelque chose. Dis d'abord : on s'aime ?... Oui... As-tu des ciseaux ? »

Elle tira du couvre-pied un fil de soie qu'elle se mit sur le ventre :

« Une mèche de mon pucelage, tu la garderas ?

— Toute ma vie... Mais choisis-la bien, ta mèche. Si tu veux que cela ne se voie pas, prends la plus longue.

— Oh ! tu sais ça aussi ? fit-elle avec désappointement. Est-ce que tu en as une collection ? »

Pourtant elle coupa sa mèche, ou plutôt sa boucle indomptablement arrondie. M. de La Fontaine, de l'Académie française, a écrit un poème : « La chose impossible » pour apprendre à la jeunesse que les poils de certaines femmes ne peuvent être défrisés. Il avait essayé, sans doute. Quels vieillards libidineux que ces académiciens !

D'un fil de soie verte, Mauricette lia les poils de sa boucle noire, puis les trancha par la base :

« Un accroche-cœur... mouillé par le foutre d'une vierge ! » dit-elle.

Sur un éclat de rire elle sauta du lit, s'enferma toute seule au cabinet de toilette... mais elle en sortit aussi vite qu'elle s'y était éclipsée.

« Puis-je savoir maintenant..., commençai-je.

— Pourquoi nous sommes toutes comme ça dans la famille ?

— Oui.

— Dès ma plus tendre enfance...

— Comme tu parles bien !

— J'ai été mise en pension, pendant que maman et mes sœurs gagnaient leur vie ensemble avec les messieurs, les dames, les gosses, les putains, les jeunes filles, les vieux, les singes, les nègres, les chiens, les godmichés, les aubergines...

— Et quoi encore ?

— Tout le reste. Elles font tout. Veux-tu maman ? Elle s'appelle Teresa ; elle est italienne ; elle a trente-six ans. Je te la donne. Je suis gentille. Veux-tu mes sœurs aussi ? Nous ne sommes pas jalouses. Mais garde ma boucle et tu me reviendras.

— Ricette ! Crois-tu que je pense à...

— Turlututu ! On nous prend toutes les quatre ; mais on me revient. Je sais ce que je dis quand je ne me branle plus. »

Après un nouveau rire de jeunesse elle saisit ma main, roula jusqu'à moi et reprit aussi sérieusement que possible :

« Jusqu'à treize ans je suis restée en pension avec des jeunes filles du monde. Puisque tu sais tant de choses, dis ce que c'est que les directrices et les sous-maîtresses qui ont la vocation de vivre leur putain de vie dans un bordel de pensionnaires.

— Un peu gousses ?

— Je n'osais pas le dire, fit Mauricette avec une ironie charmante. Et comme elles devaient avoir des

renseignements sur ma mère, tu penses qu'avec moi elles ne se gênaient pas.

— Les infâmes créatures ! Elles ont abusé de ta candeur ? Elles t'ont fait boire de force le poison du vice ?

— De force ! Elles m'ont pervertie ! fit Mauricette qui plaisantait et prenait de l'assurance. Quatre fois elles m'ont surprise en train de branler mes petites amies...

— Ah ! tu...

— Elles se cachaient dans le jardin, dans le dortoir, dans les corridors et jusqu'à la fenêtre des cabinets pour faire les voyeuses ! Crois-tu que c'est vicieux, une sous-maîtresse !

— Elles payaient pour ça ?

— Un mauvais point. Et pourtant !... Qu'est-ce qu'on leur montrait sans le vouloir ! Des combinaisons épatantes qu'elles n'auraient jamais trouvées toutes seules !... Enfin, je suis devenue l'amie d'une grande qui m'a enseigné en dix leçons le saphisme tel qu'on le parle...

— Ça veut dire ?

— L'art de faire mimi doucement au point sensible. L'art de ne pas s'écorcher le petit bout de la langue n'importe où. C'est ce que je savais le mieux quand je suis sortie de pension ; beaucoup mieux que l'Histoire sainte et la géographie. Mais, avec ma grande amie, on se retrouvait dans tous les coins ; et, la cent vingt-cinquième fois, je me suis fait pincer par Mlle Paule.

— Laquelle t'a pervertie un quart d'heure après ?

— Oui. Dans ma chambre, sous sa jupe. Avec un pantalon fermé qui avait des boutons partout. Et un joli petit chat, la cochonne ! Les poils, le pucelage, le bouton, les lèvres, tout me plaisait. J'aimais mieux

faire minette à elle qu'à mon amie. Crois-tu que c'est vicieux, une sous-maîtresse !

— Sardanapalesque. Et tu ne dis pas tout.

— Non. J'oubliais quelque chose. Elle ne savait pas même faire minette. C'est moi qui lui ai appris. »

Ici, Mauricette fut prise d'un fou rire qui la renversa presque à bas du lit, et elle mit tant de grâce à perdre l'équilibre que j'eus hâte d'achever l'intermède. J'étais redevenu plus curieux de son présent que de son passé.

A mon tour, je quittai la chambre pour le cabinet de toilette. M'y attardai-je plus qu'il n'était prudent ? Quand je revins, Mauricette, déjà rhabillée, se chaussait.

« Tu t'en vas ? fis-je avec chagrin.

— Pas tout entière. Il y a une petite mèche de moi qui reste ici. Et je ne vais pas loin : là, derrière la porte. Tu ne sais plus que tu as juré de me laisser partir à quatre heures ?

— Du matin !

— Du soir, malheureusement ! » dit-elle dans mes bras.

Au lieu de fuir, elle était venue se faire embrasser, avec une confiance qui rassurait la mienne, quand elle se dégagea d'un saut. Je ne pus la retenir dans ma chambre ni la rejoindre sur le palier. Elle trouva sa porte entrouverte, s'y glissa et disparut.

II

Une demi-heure après, la mère entrait chez moi. Dès le premier regard mon roman se compliqua tout à coup.

La mère était beaucoup plus belle que la fille... Je me rappelai son nom : Teresa.

À peine couverte d'un peignoir serré qui tournait sur sa taille souple, elle refusa le fauteuil que je lui offrais, vint s'asseoir au bord de mon lit et me dit à brûle-pourpoint :

« Vous avez enculé ma fille, monsieur ? »

Oh ! que ces questions-là me déplaisent et que j'ai peu de goût pour les scènes de ce genre. Je fis un geste noble et lent qui ne voulait rien dire du tout... Elle y répondit.

« Ne protestez pas. C'est elle qui vient de me le raconter. Je vous arracherais les yeux si vous l'aviez dépucelée ; mais vous ne lui avez fait que ce qui lui est permis... Pourquoi rougissez-vous ?

— Parce que vous êtes belle.

— Qu'est-ce que vous en savez ?

— Je n'en sais pas assez. »

Moi aussi, j'allais au fait en peu de mots. Le départ prématuré de Mauricette m'avait laissé plus ardent que ne m'avait trouvé sa rencontre. D'ailleurs, avec les femmes, j'aime toujours mieux exposer ma science de la pantomime que mon aptitude à la discussion.

Teresa ne put rien me dire de ce qu'elle avait préparé. Changer le parcours d'une scène périlleuse est la seule façon de la mener à bien. J'avais tourné le volant sans ralentir. Elle en perdit le souffle une seconde, quoiqu'elle fût plus forte que moi ; mais elle serra les cuisses avec un sourire. Avant que j'eusse rien touché, elle réussit à constater de la main les motifs que j'avais de choisir l'itinéraire ; et je lus dans ses yeux que mon brusque virage ne m'avait pas culbuté sous la disqualification.

Cet échange de gestes mit entre nous beaucoup de familiarité.

« Qu'est-ce que tu veux que je te montre ? Qu'est-ce que j'ai donc entre les jambes ?
— Ton cœur ! répondis-je.
— Tu crois qu'il est là-dessous ?
— Oui.
— Cherche. »

Elle riait tout bas. Elle savait que la recherche n'était pas facile. Ma main s'égara dans un fouillis de poils extraordinaire où je fus quelque temps à perdre mon chemin. A la naissance des cuisses il en poussait comme sur le ventre. Je commençais à me troubler quand Teresa, trop adroite pour me démontrer que j'étais maladroit, ôta son peignoir avec sa chemise, pour me consoler ou pour me distraire, ou peut-être pour m'offrir un second prix d'encouragement.

Un admirable corps, long et plein, mat et brun, tomba dans mes bras. Deux seins mûrs, mais qui ne semblaient pas maternels et que leur poids ne faisait pas fléchir, se pressèrent sur ma poitrine. Deux cuisses brûlantes m'étreignirent et comme j'essayais de...

« Non. Pas ça. Tu me baiseras plus tard, fit-elle.
— Pourquoi ?
— Pour finir par là. »

Elle se vengeait. A son tour elle prenait la direction ; et la formule de sa mainmise était assez bien trouvée pour qu'en me refusant ce que je lui demandais elle parût me l'accorder avec un surcroît de sollicitude.

Au silence que je gardai, elle sentit que son corps était maître. D'un ton nouveau qui m'interrogeait et ne m'offrait rien du tout, elle me dit :

« Veux-tu ma bouche ou mon cul ?
— Je veux tout toi.
— Tu n'auras pas mon foutre. Je n'en ai plus une goutte dans le ventre. Elles m'ont trop goussée depuis ce matin.

ce que j'aurais donné pour la prendre au mot et pour lui crier : « Oui ! » en pleine figure. Comme je serrais les muscles de ma volonté, comme j'ouvrais la bouche et prenais haleine... Teresa me dit assez vite avec l'expression d'un intérêt sincère :

« Est-ce que je te fais bander ? »

Cette fois, j'entrai en fureur. Sur un « Tu te fous de moi ! » suivi d'autres paroles, je la battis. Elle riait de toute sa voix sonore en luttant des bras et des jambes. Désarmée par son rire, elle se défendait à l'aveuglette. Je la couvrais de coups et d'attouchements qui ne semblaient lui faire aucun mal ; puis ce rire m'exaspéra, et, ne sachant pas où la prendre pour la battre, j'empoignai une touffe de poils, je tirai... Elle poussa un cri.

Et comme je crus l'avoir blessée, je tombai dans ses bras avec confusion. Je m'attendais à mille reproches ; mais elle ne songeait guère à me dire quoi que ce fût qui eût refroidi mon ardeur pour elle. Même en criant elle ne cessa de rire que pour sourire et s'accuser :

« Voilà ce que c'est que d'avoir tant de poils au cul ! Quand tu coucheras avec Lili, je te défie de lui en faire autant. »

L'incident rompit ma violence et hâta le dénouement. Teresa n'avait pas un instant à perdre pour m'offrir son caprice en guise de pardon. Elle me l'offrit sans me consulter, avec une habileté d'organe et de posture qui tenait de la jonglerie.

Couchée avec moi sur le flanc et me prenant les hanches entre ses cuisses relevées, elle passa une main sous elle... y fit je ne sais quoi... puis me dirigea comme il lui plut.

La prestidigitation de certaines courtisanes réussit des tours incompréhensibles... Comme un jeune premier qui s'éveille dans le jardin d'une magicienne, je faillis soupirer : « Où suis-je ? » car mon enchanteresse

demeurait immobile et je ne savais pas bien où j'étais entré. Je me tus pour garder un doute qui me laissait une espérance. Mais le doute s'évanouit aux premières paroles.

« Ne t'occupe pas de moi, dit-elle. Ne bouge pas. N'essaie pas de me prouver que tu sais t'y prendre. Ricette vient de me le dire ; je m'en fous pour ce soir. Quand tu m'enculeras toi-même, je déchargerai sans me toucher. En ce moment c'est moi qui me fais enculer et tu vas voir ça ! mais je ne veux pas jouir.

— Et si j'aime mieux ta jouissance que la mienne ? Si je te la donne de force ?

— De force ? dit Teresa. Ne me touche pas ou je te vide les couilles en un tour de cul... Tiens !... Tiens !... Tiens ! »

Elle était affolante. La violence et la souplesse de sa croupe dépassaient tout ce que j'avais éprouvé dans les bras des autres femmes. Cela ne dura que l'instant de m'en faire une menace. Et elle reprit son immobilité.

Alors, malgré le trouble où elle jetait mes sens, je ne voulus pas même attendre la séparation de nos corps pour faire savoir à Teresa que je n'aimais point à être bousculé.

Je lui déclarai que je la trouvais belle, extrêmement désirable, mais qu'après ma vingtième année je me croyais un homme et non un enfant ; que je n'avais nullement le vice de prendre plaisir à la tyrannie d'une femme ; et je ne sais comment je le lui dis, car mes esprits étaient fort agités. Elle aurait pu me répondre que sa menace avait suivi la mienne : elle n'en fit rien, redevint plus douce et garda pourtant un certain sourire autour de sa pensée intime.

« Sois tranquille, je ne te casserai pas la queue, dit-elle tendrement. Je te la suce, tu le sens ? Je te la suce avec le trou du cul. »

Ce qu'elle faisait, je n'aurais su le dire. Mais sa bouche, en effet, ne m'aurait pas énervé davantage. Il me devenait difficile de parler.

Elle suivit sur mon visage le reflet de ma sensation et, sans avoir besoin de m'interroger pour savoir s'il en était temps, elle pressa peu à peu l'allure de ses reins jusqu'à l'adagietto, me sembla-t-il. Je crois que je murmurai : « Plus vite ! » et qu'elle n'y consentit pas. Je n'ai qu'un vague souvenir de ces dernières secondes. Le spasme qu'elle obtint de ma chair fut une sorte de convulsion dont je n'eus pas conscience et que je ne saurais décrire.

Aussi, ma première question fut-elle, après deux minutes de silence :

« Qu'est-ce que tu m'as fait ?

— Un joli petit travail avec mon trou du cul, fit-elle en riant. Tu as déjà enculé des femmes...

— Oui. Il y a une heure. Une toute jeune fille qui ne s'y prend pas mal, pourtant.

— Pas mal du tout. Elle a du muscle, hein ? et elle galope ?

— Mais toi...

— Mais moi je suis la première qui t'ait sucé la queue par là. Tu veux savoir comment je fais ? Je te dirai ça demain. Laisse-moi me lever. Tu veux savoir aussi pourquoi ? Pour accoucher de l'enfant que tu viens de me faire : la petite sœur de mes trois filles. »

... Quand elle m'apparut à nouveau, toujours nue et corrigeant des deux mains sa coiffure derrière la nuque, ma jeunesse méconnut que, par ce geste relevé, Teresa voulait moins rentrer ses petits cheveux que tendre ses deux seins dont elle était fière.

Je n'ai jamais été de ces adolescents qui dépérissent pour les maturités : mais une pécheresse de trente-six

ans, quand elle est belle de la tête aux pieds, c'est un « morceau », disent les sculpteurs ; « c'est une femme », disent les amants.

Et qu'est-ce que n'était pas cette femme ? Mettez la question au concours elle départagera curieusement les hommes.

Teresa nue ressemblait à un mezzo d'opéra. Vous alliez dire : à une fille de bordel ? Pas du tout. Vous murmurez : c'est la même chose ? Non. C'est le jour et la nuit. Si vous ne connaissez les actrices que par les conversations de fumoir, n'en dites rien.

Les belles cantatrices qui vivent de leur lit et les filles souvent plus belles qui chantent leur âme sentimentale en montant un escalier rouge n'ont guère d'autre analogie que leur commune aisance à marcher presque nues, et à se faire traiter de putains.

La fille de théâtre aspire de toutes ses forces à la liberté. La fille de bordel a besoin d'esclavage. En apparence la profession la plus servile des deux est plutôt la première. En fait la cabotine est montée en scène pour se libérer de sa famille ou de son amant par esprit d'indépendance ; la bordelière s'est jetée dans la servitude, aimant mieux obéir aux caprices des autres que forger elle-même les jours de sa vie.

Dès sa première année de Conservatoire, la fille de théâtre se hausse à connaître par cœur toutes les crudités du langage français. Pour elle, c'est un jeu que d'en grouper quinze autour d'une pauvre idée qui n'en mérite aucune ; et c'est un de ses talents que de les détacher selon les strictes règles de l'articulation. Au contraire, la fille de bordel n'a vraiment ni le goût ni la science du vocabulaire cynique. La liberté des mots la tente aussi peu que celle de la vie. Pas de confusion possible en présence d'une inconnue : les cris d'amour

d'une femme suffisent à révéler si elle vient du bordel ou de l'Odéon ; mais beaucoup d'hommes s'y trompent, faute de songer à cela.

Donc j'avais plus de raisons qu'il ne m'en fallait pour deviner ce qu'on ne m'avait pas dit. Le physique de Teresa, la désinvolture de son caractère et la brutalité de ses expressions, tout en elle me semblait marqué de la même empreinte.

« Tu fais du théâtre ? lui dis-je.

— Plus maintenant, j'en ai fait. Comment le sais-tu ? Par Mauricette ?

— Non. Mais cela se voit. Cela s'entend. Où as-tu joué ? »

Sans répondre, elle se coucha près de moi, sur le ventre. Je repris ironiquement :

« Tu me le diras demain.

— Oui.

— Reste avec moi jusque-là.

— Jusqu'à demain matin ? Tu veux ? »

Comme elle souriait, je la crus sur le point d'accepter. J'étais encore un peu las mais elle m'inspirait presque autant de désir que si j'avais été dispos. Elle se laissa étreindre et me dit :

« Qu'est-ce que tu veux de moi jusqu'à demain matin ?

— D'abord te faire jouir.

— Ce n'est pas difficile.

— Ne me dis pas ça, tu m'exaspères. Pourquoi t'es-tu retenue ?

— Parce que mon « petit travail » aurait été mal soigné. Allons ! Qu'est-ce que tu veux encore ?

— Tout le reste.

— Combien de fois ?

— Oh ! je crois qu'avec toi je ne compterais guère. Ce ne serait « pas difficile » non plus. »

— Évidemment. Pourquoi me le demandes-tu ?

— Parce que je vais t'envoyer ma Lili et, comme tu as la manie de baiser, je ne veux pas que tu me la défonces. »

Les patientes personnes des deux sexes qui ont assumé la charge de mon éducation m'ont appris qu'au bal, si la belle dame que l'on invite répond au jeune homme : « Faites danser ma fille », il ne peut manifester ni regret, ni plaisir, ni indifférence. La situation est très complexe.

Je le savais ; mais, tout nu, je suis moins bien élevé qu'en habit. Et puis j'ai quelque similitude avec Alexandre. Je tranche les complexités.

« Je crois que je ne saurais pas m'y prendre. Donne-moi une leçon », dis-je à Teresa.

Elle devenait assez nerveuse et rit en détournant la tête.

« Ce que tu me demandes, tu ne l'as même pas vu.

— Montre-le-moi.

— Pas par-devant. Tu m'as enculée par-devant. Tu verras mon chat par-derrière. Mais tu sais ce que j'ai dit ?

— Ce sera pour la fin ?

— Pauvre petit ! Si je me fourre ta queue dans la bouche, tu seras bien à plaindre. Et si je te fais danser les couilles du bout de ma langue... Tu ne la connais pas, ma langue ? Tiens ! Regarde ! Regarde ! »

Comme, sans m'abstenir de regarder, j'essayais de prendre Teresa d'une façon plus simple et non moins agréable, elle serra les cuisses, elle arrêta mon bras :

« Est-ce que tu ne comprends pas qu'on n'attache pas trois filles avec une chaîne à la ceinture comme trois singes autour d'un piquet ? Qu'elles faisaient l'amour à Marseille et qu'elles ne le font plus à Paris ? Que si je prends un amant elles en prendront six ? Écoute-moi.

Tu me veux ? Tu m'auras. Mais tu nous auras toutes les quatre. »

Je faillis demander avec effroi : « Tous les jours ? » Je me retins et j'essayai de dissimuler mon inquiétude sous un masque reconnaissant.

« Je vais t'envoyer Lili, poursuivit-elle, parce que Lili se couche de bonne heure et que les môminettes sont comme les dames du monde : elles grouillent du cul l'après-midi. Ce soir je t'enverrai Charlotte pour toute la nuit. Demain soir, c'est moi que tu verras entrer. Et si tu n'es pas content de nous, tu demanderas le registre des réclamations.

— Je suis comblé... Malheureusement, je vois que tu t'en vas ?

— Non. dans cinq minutes ; quand j'aurai tenu mes promesses. Mais à deux conditions : tu ne jouis pas ; moi non plus. Je ne te montre pas mes beautés pour que tu leur fasses minette...

Recommandation inutile. J'aime beaucoup mieux prouver ma virilité que rivaliser avec les lesbiennes, et cette préférence devient exclusive quand je couche avec une femme qui a d'autres amants.

Toujours souple et agile, Teresa fit un saut d'écuyère pour tenir ses deux promesses, tête-bêche sur mon corps étendu.

Ce qu'elle déploya sur mes yeux me parut extraordinaire. Toutes les parties en étaient anormales : un clitoris protubérant ; de vastes lèvres minces, délicates, noires et rouges comme des pétales d'orchidée ; une gorge vaginale redevenue étroite, qui donnait par contraste aux lèvres une proportion monstrueuse ; un étrange anus en cocarde, largement teinté de bistre sur un fond pourpre ; mais, autour de ces détails, les singularités les plus invraisemblables étaient celles des poils. Je crois que jamais une femme aussi velue de noir

n'avait couché dans mon lit. Ses poils envahissaient tout : le ventre, les cuisses, les aines ; ils croissaient entre les fesses ; ils obscurcissaient la croupe ; ils montaient jusqu'à...

Tout à coup, je ne vis plus rien. La langue de Teresa m'avait touché la peau. Mes muscles piqués se crispèrent. La langue erra, tourna, passa par-dessous... Je frémissais. Cela ne dura qu'un instant d'angoisse. Teresa releva la tête et, sautant du lit :

« Assez pour ce soir ! dit-elle.

— Tu as juré de me rendre enragé ? Tu vas me laisser dans un pareil état ?

— C'est pour Lili. Je cours la chercher. Fais-lui croire que tu bandes pour elle. Et demain, toi et moi... toute la nuit, tu m'entends ? »

Rien ne me déplaît davantage que les substitutions d'amantes. Désirer une femme, en posséder une autre, cela m'est odieux. Quand Teresa eut disparu, je décidai que Mlle Lili se ferait désirer elle-même ou qu'elle n'aurait rien du tout.

En l'attendant, je pris dans ma bibliothèque un roman capiteux de Henry Bordeaux, que j'avais acquis tout exprès pour abattre par la force les érections rebelles à ma volonté.

A la septième ligne, le miracle advint.

III

A la quinzième ligne, j'allais m'assoupir, quand un minuscule martel de métal piqueta la sonnette aiguë.

« Qui est là ? »

— C'est que..., fit-elle avec la franchise de sa nature..., ce que j'ai de mieux, c'est ma moniche et mon petit cul. Le reste est d'un moche !

— Je suis sûr que tout le reste est gentil.

— Vous allez voir. Et vous qui venez de coucher avec maman, quand vous regarderez mon corps de poulet, faudra que je vous travaille pendant un quart d'heure pour vous faire bander.

— Pas du tout. Je te parie un sac de bonbons.

— Et qu'est-ce que je vous donnerai si je perds ?

— Une discrétion.

— Tope ! dit-elle. Je m'en fous. Je sais tout faire. Vous gênez pas. »

Le déshabillage de Lili se fit en quatre temps et six mouvements : la robe, les deux pantoufles, les deux chaussettes, la chemise... Quand elle eut enlevé tout cela, il ne restait presque rien de Mlle Lili, tant sa nudité me semblait peu de chose.

Des bras et des jambes comme des échalas ; des cheveux noirs jusqu'à la taille ; un petit corps fluet avec une grosse motte et un sexe tout en saillie... s'il est vrai qu'un menu bien compris doit réunir les mets les plus dissemblables, le service de Lili après celui de Teresa eût été la trouvaille d'un chef.

Le premier mouvement de Lili me donna tout de suite bonne opinion d'elle. Au lieu de me sauter au cou, elle chercha entre mes jambes. Ai-je besoin de souligner tout ce qu'un pareil geste comporte d'innocence ?

La pauvre petite s'était annoncée (comme d'autres à son âge se nomment Enfants de Marie) sous le titre d'Enfant de Putain, une gosse qui se présente ainsi n'est pas une gosse comme les autres. Elle a du culot, pour le dire tout net. Et cette enfant de putain, sa chemise enlevée, m'abordait comme une ingénue qui baisse les yeux et cherche d'abord ce que les garçons ont de plus

que les filles. Les petites prostituées ont des candeurs inaltérables.

Comme je me sentais encore sous le charme de ma lecture rafraîchissante, j'attirai Lili dans mes bras, et je me mis à bavarder, parmi quelques attouchements que nous qualifierons d'outrage à la pudeur commis sans violence.

« Lili, tu es une très jolie gosse, lui dis-je.

— C'est pas vrai. Quand je me branle devant la glace, je ne m'excite pas. »

Cette phrase me fit rire aux éclats.

Lili resta sérieuse ; et comme il est aisé de séduire les enfants, elle affirma sans préambule, sans raison, mais d'un air pénétré :

« Je vous aime bien.

— Oh ! alors, ma petite Lili, tu as deux idées dans la tête.

— Pourquoi deux ?... Oui, c'est vrai, j'en ai deux. Comment savez-vous ça ? Votre doigt vous l'a dit ?

— Justement. Les idées que les filles ont dans la tête...

— Ça leur vient du con ? » fit Lili.

Il m'est difficile de cacher maintenant où flânait le doigt qui me disait tant de choses.

« Si tu en sais tant ! répondis-je. Mais tu ne sais pas pourquoi tu as deux idées ? C'est que, quand on aime bien quelqu'un on veut de tout son cœur un plaisir pour lui et un de sa part. »

Elle eut un instant de réflexion : le temps de comprendre une maxime. Puis elle sourit et se fourra la figure sous la mienne pour répondre :

« Vous ne la trouvez pas trop petite, ma moniche d'un sou ? Vous voulez bien me baiser quand même ?

— Tu es de plus en plus gentille, ma Lili. La

première chose dont tu me parles, je suis sûr que c'est pour mon plaisir.

— Oui, fit-elle, un peu confuse.

— Et pour toi ? Qu'est-ce que tu voudrais ?

— Vous sucer. »

Le mot était dit. Elle me serra les bras autour du cou et se répéta dix fois, sur le ton rieur et chantant d'une enfant qui demande une gâterie :

« J'ai envie de vous sucer la queue, la pine, la bite, le zob, l'andouille. Envie que vous bandiez dans ma bouche. Envie de vous téter.

— Comment, tu tètes encore, à ton âge ?

— Pas beaucoup de lait mais beaucoup de foutre.

— C'est bon ?

— C'est bon quand on s'aime.

— Pour combien en voulez-vous, mademoiselle ? pour un sou ? deux sous ? trois sous ?

— Je veux tout ce qu'il y a dans la boutique !... Et je paie d'avance, monsieur, avec mes deux trous.

— Quoi ?

— C'est pas une blague.

— Non. Je vous fais crédit, mademoiselle, on vous débitera. Mettez-vous à table. »

Lili avait encore de petites choses à me dire. Toujours les deux bras autour de mon cou, elle soupira :

« C'est que... Écoutez. J'ai promis à maman : vous ne jouirez qu'une fois ; il faut en laisser pour Charlotte cette nuit... Alors on pourrait faire plusieurs choses en une fois. On pourrait même tout faire.

— Rien que ça ?

— Oui. Je suis la plus petite des trois, mais c'est moi qui en fais le plus. Je fais tout, sauf l'amour entre les tétons, parce que j'en ai pas. Voulez-vous me baiser, m'enculer et jouir dans ma bouche ? Je vous dirai après pourquoi. »

genre de distraction si la petite fille n'est pas giflée, fouettée, battue, et si elle ne pleure pas en poussant des cris comme un petit cochon qu'on égorge.

Lili resta immobile, puis elle tourna doucement sur le pivot qui la pénétrait et se coucha sur moi, le dos à la renverse. Et, comme je lui mettais la main entre les jambes, elle prit une telle expression de prière, sans paroles, que je lui dis moi-même :

« Ta bouche, maintenant.

— Ah ! » cria-t-elle.

Et je la vis aussitôt... Le dirai-je aussi ? Me voici bien embarrassé... Enfin je me suis juré de tout dire et de conter cette histoire telle que je l'ai vécue...

Lili fit sortir de son petit derrière le membre qui s'y agitait depuis un quart d'heure et elle le fourra dans sa bouche tel qu'il était.

« Oh ! petite saleté ! fis-je en le lui retirant.

— C'est fait. Il est trop tard.

— Comment peux-tu...

— J'aime ça comme ça. »

La phrase « J'aime ça comme ça » ne souffrait pas de réplique. Lili reprit ce que je lui avais enlevé, elle feignit même de le mordre pour ne pas le lâcher puis elle se mit à le sucer comme un sucre d'orge, d'une bouche étroite et goulue.

Connaissant bien les reproches et les compliments qu'on lui adressait au lit, elle m'avait prévenu que ce dernier exercice « n'était pas ce qu'elle faisait de mieux ». Mais je commençais à être las de la longue excitation où elle m'avait tenu et, tout en maniant de la main droite le petit cul grand ouvert qu'elle remuait à ma portée, je l'avertis de se tenir prête...

Si cette comparaison n'était pas irrévérencieuse, je dirais : une petite fille qui aime à sucer les hommes a

l'air d'une première communiante à genoux devant la sainte table ; on dirait qu'elle attend une nourriture sacrée, au sein d'un mystère incompréhensible où le dieu de l'Amour va se donner à elle.

Lili prit une expression si touchante que j'eusse été cruel d'en rire. Elle leva les yeux au ciel, serra comme elle put sa trop petite bouche où ma verge paraissait énorme, hors de toute proportion avec cette enfance, et, quand elle me sentit éjaculer soudain, elle se mit à pousser, je ne sais pourquoi, certains petits gloussements par le nez, mais d'un comique irrésistible. Je me cachai les yeux d'une main.

Cela ne dura qu'un instant. Lili n'était pas de ces petites filles gâcheuses qui bavent ce qu'elles sucent et laissent plus de regrets que de remords aux messieurs qui les pervertissent.

Elle suçait mal ; mais elle avalait bien.

IV

Quatre heures s'écoulèrent. Je dînai seul dans un petit restaurant sans femmes, pour reprendre un peu mes forces ; pour reprendre surtout mes esprits.

Mes forces revinrent assez vite ; mais mes esprits furent plus lents.

Quand je rentrai, vers onze heures, il me restait encore quelque mal à comprendre ce qui m'était arrivé.

Donc j'avais pour voisine une belle Italienne qui vendait ses filles. Que j'eusse pris l'une de ses trois filles, c'était tout simple. De toute antiquité les étudiants et les filles de quatorze ans ont couché ensemble. Que la mère, habituée à partager les amants de ses filles,

eût sonné chez moi aussitôt après, c'était encore tout naturel.

Mais pourquoi m'avait-elle envoyé Lili ? Pourquoi m'avait-elle promis la visite de...

On frappa. On frappa deux fois... J'allais ouvrir. Une voix douce et tranquille me dit :

« Il paraît que c'est mon tour ? »

Je reculai. Teresa m'avait prévenu que Charlotte était la plus jolie de ses filles, mais je n'espérais pas qu'elle le fût à ce point, et je le lui dis en pleine figure :

« Dieu que vous êtes jolie !

— Voulez-vous vous taire ! fit-elle tristement. Toutes les filles se valent.

— C'est vous qui êtes Charlotte ?

— Oui. Je vous plais ?

— Si vous me plaisez ! »

Elle m'interrompit pour me dire avec une sorte de soulagement et de lassitude :

« Eh bien, tant mieux, parce que moi, je me donne comme je suis, vous savez, je ne suis pas coquette pour un sou, et si tu... si vous... Oh ! on se tutoie, hein ? c'est plus simple.

— Et on s'embrasse ?

— Tant que tu voudras. »

Je lui pris la bouche passionnément. Le baiser qu'elle me rendit avait plus de mollesse que d'ardeur, mais il était de bon accueil. Elle dit seulement, quand je lui mis la main sous les jupes :

« Laisse-moi donc me déshabiller.

— Crois-tu que j'ai le temps !

— Tu as toute la nuit. »

Et sans hâte, avec la simplicité d'un modèle qui ôte ses nippes devant un peintre, elle enleva sa robe noire, ses bas, sa chemise et, nue devant moi, elle soupira :

« Tu vois bien que je suis comme les autres. »

Elle était délicieuse. Moins beurre de peau que sa mère, mais aussi noire de poils et de cheveux, elle avait des formes du plus doux contour, et tout en elle était douceur : le regard, la voix, la peau, la caresse.

Quand elle fut sur mon lit et entre mes bras elle murmura presque humblement :

« Je voudrais te faire plaisir... Tu n'as qu'à demander, je ferai ce que tu voudras et comme tu voudras. »

Cette fois, une furieuse envie me saisit de posséder cette jolie fille par la voie la plus naturelle. Je lui dis que je l'aimais, que je voulais son plaisir d'abord et le geste que je fis lui laissa comprendre comment je l'entendais.

Mais Charlotte leva les sourcils et avec une grande innocence :

« Baiser ? dit-elle. Oh ! si tu veux ! Mais si c'est pour mon plaisir... non ! Moi, tu sais, je ne suis pas une fille compliquée, je n'aime qu'une chose.

— Quoi ?

— Quand je baise, la peur que j'ai d'être enceinte me coupe toute envie de jouir. Je n'aime pas baiser. Je n'aime pas non plus qu'on me fasse minette, parce que ça m'éreinte. Maman adore ça, je lui fais et je ne veux pas qu'elle me le rende.

— Alors, quand tu veux jouir, comment jouis-tu ?

— Je fais comme une jeune fille du monde : je me branle », dit Charlotte avec un triste sourire.

J'étais confondu. Je voulus la faire répéter :

« Comment, tu es dépucelée, tu fais l'amour de toutes les manières, tu as tous les jours des hommes, des femmes, et... et tu te branles ? Je comprends cela d'une gosse comme Ricette ; mais toi qui as vingt ans ?

— Grand gosse toi-même, fit-elle, est-ce que tu ne sais pas que toutes les putains se branlent ?

— Charlotte je ne veux pas que tu te traites de putain !

— Pardon, fit-elle drôlement. Ne sais-tu pas que toutes les pucelles se branlent ? »

Je souris à peine. J'étais agacé. Charlotte insouciante, continua de la même voix lente et molle :

« Moi, je ne me cache de rien. Devant n'importe qui, je me branle quand ça me prend.

— Et ça te prend souvent ?

— Évidemment... J'aime pas rester excitée, ça me fatigue... Ce matin avant de me lever je ne l'ai pas fait, mais l'eau de mon bidet était chaude, mon bouton s'est mis à bander... je me suis branlée.

— A cheval sur ton bidet ?

— Oui, ce n'était pas la peine de me recoucher. Ensuite après le déjeuner parce que... Mais tu vas te moquer de moi.

— Non. Dis tout.

— Lili me fourre un biscuit dans le ventre et il faut que je branle dessus pour qu'elle le mange.

— Et comme tu es une bonne fille...

— Oh ! je fais tout ce qu'on veut. Enfin, après le dîner, on me parlait de toi, il y avait huit jours que je n'avais pas couché avec un jeune homme, je pensais à des choses !... alors tout en causant... comme j'avais envie... »

Sans achever sa phrase, elle glissa le doigt dans son entre-jambes et, me tendant ses lèvres, elle recommença paisiblement à se masturber.

« Ah ! non ! m'écriai-je. Pas sur mon lit ! Quand j'ai par bonheur dans mes bras une aussi jolie fille que toi, ne comprends-tu pas que j'ai envie de la faire jouir moi-même ?

— Et ne comprends-tu pas que tu me ferais jouir si j'avais ta queue dans le derrière et ta bouche sur ma bouche pendant que je me branle ?

— Enfin ! dis-je avec éclat, je ne peux pourtant pas vous enculer toutes les quatre ! »

— J'avais dit cette phrase avec tant de mauvaise humeur que la pauvre Charlotte se mit à pleurer.

« Voilà bien ma chance, fit-elle. On dit que je suis gentille et c'est toujours moi qu'on attrape. Tu as été charmant pour ma mère et mes sœurs. Je viens pour toute la nuit, et dès les premiers mots j'ai déjà une scène. »

Elle pleurait simplement, sans aucun sanglot, mais n'en paraissait que plus pitoyable. Je la pris dans mes bras, je balbutiai :

« Charlotte ! ne pleure pas ! je suis au désespoir.

— Et naturellement voilà que tu débandes ! fit-elle avec une désolation qui me fit sourire malgré moi.

— Charlotte ! ma jolie !

— Non, je ne suis pas jolie, puisque tu débandes ! Tu as bandé pour maman, pour Ricette et pour Lili ; mais auprès de moi, voilà... voilà... »

Les larmes l'étouffaient. J'étais désolé. Je ne savais comment arrêter cette douleur peu raisonnable, quand Charlotte se releva et, avec ce besoin de logique et de clarté qui est le propre des esprits simples elle reprit de sa voix lente et bonne :

« Je t'ai dit que je ferai tout ce que tu voudras. Tu peux jouir dans mon chat, dans mon cul, dans ma bouche, entre mes seins, sous mes bras, dans mes cheveux, sur ma figure, jouis dans mon nez si ça t'amuse, je ne peux pas mieux dire, voyons ? je ne peux pas être plus gentille ?

— Mais, ma Charlotte...

— Mais, mon chéri, tu me demandes quel est mon plaisir, eh bien, mon plus grand plaisir, c'est de me branler quand on m'encule. Nous sommes toutes les quatre comme ça, nous avons ça dans le sang, ce n'est pas ma faute. Et nous ne sommes pas les seules, mon

Dieu ! Ce que j'en ai vu quand j'étais gosse, des écolières et des arpètes qui me disaient en confidence : « Moi aussi, j'aime bien qu'on m'encule. »

— Alors...

— Alors fais de moi ce qu'il te plaira si c'est ton plaisir que tu cherches ; mais si c'est le mien, encule-moi et laisse-moi me branler toute seule. As-tu bien compris ? »

Nos bouches se réunirent et le premier effet de la réconciliation fut de me remettre aussitôt dans un état plus digne d'elle. Je cédai à ce qu'elle voulut, mais elle ne me prit pas au mot sur-le-champ et, après m'avoir rappelé qu'elle n'aimait pas qu'on lui fît minette, elle se mit légèrement sur moi, tête-bêche.

C'était une bien jolie chose que le con de Charlotte, peut-être parce qu'elle ne s'en servait guère..., mais non, car le second trou, dont elle se servait tant, était sans défaut comme celui de Teresa.

Toute molle et calme qu'elle fût, Charlotte était une jeune personne fort humide, une de celles qui disent : « Je mouille pour vous » comme une autre dirait : « Je brûle. » Ses poils étaient bien plantés, plus lustrés et moins longs que ceux de sa mère, mais ils croissaient aussi à la naissance des cuisses et ils emplissaient le sillon de la croupe.

Après tout ce que venait de dire Charlotte, je ne voulus pas lui laisser de doute sur mes intentions. J'ouvris ses fesses entre mes mains et je touchai du doigt ce qu'elle m'offrait... Je me rappelais une jeune fille à qui j'avais fait cela et qui s'était écriée avec un frémissement de l'arrière-train : « Oh, ta queue ! ta queue ! ta queue ! » Charlotte coulait beaucoup, mais ne frémissait guère et ne criait pas. En outre, elle était plus habituée à donner des caresses qu'à en recevoir. Par une méprise que sa profession expliquait assez, elle

prit mon geste pour un signal et comme elle ne léchait que mes testicules elle me donna sa langue plus bas.

Charlotte n'était pas vicieuse.

La plupart des hommes ignorent tellement l'adolescence féminine qu'ils ne sauraient comprendre comment une jeune fille peut avouer son goût de se branler quand on l'encule et n'avoir aucun sens du vice. Les jeunes filles me comprendront mieux et cela me console, car il est évident que ce livre sera lu par les jeunes filles plus souvent que par les maris.

Donc, Charlotte n'avait aucun sens du vice, heureusement pour elle et pour moi ; mais elle était « sensible », comme disaient les auteurs du dix-huitième siècle. Et, sans cris ni soupirs ni trémoussements de la croupe, elle se mit à baver si abondamment que la petite Lili (vicieuse, celle-là) eut trempé trois biscuits dans cette flûte mousseuse. Cela débordait sur la vulve et cela passait par-dessus les poils... Je me retirai à temps. Ce que je venais de voir m'avait consolé de ne pas posséder Charlotte par la voie inondée.

Quand nous nous retrouvâmes côte à côte, un nouvel incident nous arrêta. Charlotte ne voulait rien choisir, ni proposer. Elle n'avait ni goût, ni caprice, ni préférence, ni invention. Imaginer ou décider, cela la fatiguait.

« Pourvu que tu m'encules et que je me branle, dit-elle, je serai contente.

— Alors mets-toi la tête par terre et les deux cuisses sur le lit.

— Si tu veux ! » fit-elle simplement.

Puis, dès qu'elle eut compris que ce n'était pas sérieux, elle prit mon visage entre ses belles mains et me dit avec un sourire, sans amertume :

« Tu t'amuses quand tu te fous de moi ? Eh bien !

continue toute la nuit et chaque fois que nous coucherons ensemble. C'est le plus facile de tous les jeux. Je crois tout ce qu'on me dit et je ne me fâche de rien.

— Tu es désarmante ! lui dis-je.

— Je suis désarmée, fit-elle, parce que je sais depuis longtemps que je suis une pauvre bête. »

Mot lamentable, mot tragique ! Je n'oublierai jamais le ton que prit Charlotte pour me dire ce mot-là. Et les femmes sont bien folles de croire qu'elles nous séduisent par l'art de s'embellir. Charlotte faillit me prendre jusqu'au fond du cœur par cet aveu qu'elle me fit.

Nue devant moi, elle avait la tête inclinée, les mains jointes sur le ventre au niveau de ses poils... Je crus la regarder pour la première fois. Je vis que sa beauté, comme son caractère, était absolument sans fard. Ni rouge aux lèvres, ni fer aux cheveux ; rien aux cils ni aux paupières. Je la trouvai si simple, si belle et si bonne, que je lui dis en la brusquant par les coudes et par les hanches :

« Oui, tu es une pauvre bête, Charlotte, si tu ne crois pas tout ce que je vais te dire, m'entends-tu, Charlotte ? mot à mot. Tu es belle de la tête aux pieds. Il n'y a pas un trait de ton visage, pas un poil de ton ventre, pas un ongle de tes orteils qui ne soit joli. Et tu es aussi bonne que belle. Je te connais, maintenant, et c'est à moi de te répéter : fais ce que tu voudras sur mon lit. Je ne te défends qu'une chose, c'est d'injurier la fille que j'aime et contre laquelle je bande. Si tu la traites encore de putain et d'idiote...

— Non, dit-elle gaiement, je vais lui faire la cour, je vais la branler, elle en a envie. Et je lui ouvrirai moi-même les fesses pour que tu l'encules.

— Montre comment. »

Elle était couchée auprès de moi. Elle se retourna

sans aucun dessein de me proposer une posture ; mais je me hâtai de la prendre ainsi.

Cela se fit avec une facilité extraordinaire, et que j'éprouvai maintes fois par la suite. L'anus de Charlotte ressemblait à ces gaines de poignards qui sont parfaitement strictes et ajustées, mais où la lame entre d'elle-même. Pour le dire crûment, mais en termes clairs : aussitôt qu'on bandait sous les fesses de Charlotte, on les enculait malgré soi mais l'entrée en était aussi ferme que souple et, par un ensemble de qualités qu'il serait indécent de louer outre mesure, on y pénétrait plus vite que l'on ne pouvait en sortir.

Charlotte enculée devint encore plus Charlotte qu'avant : plus molle, plus humide, plus douce, plus tendrement abandonnée. Je m'étais un peu retourné, de telle sorte qu'elle était presque couchée sur moi de dos, ce qui lui permit d'ouvrir les cuisses dans tout leur écartement. J'y mis la main avant elle : c'était un lac. Songeant qu'elle ne s'était pas encore branlée, je me demandai quel phénomène jaillirait sous ses doigts quand elle aurait fini.

Ses gémissements commencèrent au premier moment qu'elle fut pénétrée et durèrent huit ou dix minutes, sans crescendo, sans effet. Elle semblait insouciante de dissimuler son plaisir et surtout de le crier comme une actrice. Elle se branlait si lentement que sa main paraissait immobile, et moi-même, comprenant assez qu'elle aimait ces voluptés calmes, je ne faisais dans ses chaudes entrailles que des mouvements imperceptibles. Vers la fin, prise d'un scrupule qui la peint tout entière, elle tourna vers moi un œil languissant et me dit avec faiblesse :

« Veux-tu que je te parle ? Tu vois si je suis contente quand tu m'encules ! Aimes-tu que je te dise tout ce que je sens pendant que j'ai ta queue dans le trou du cul ?

— Non. Dis-moi seulement quand...

— Quand je déchargerai ?

— Oui.

— Quand tu voudras. Aussi souvent que tu voudras. Je l'ai fait en t'embrassant avant que tu m'encules et je suis prête à recommencer.

— Tout de suite ?

— Mais oui. Tu ne vois donc pas que je me branle « autour » ? Quand tu me diras de jouir, je jouirai. »

Ces choses-là ne se disent pas. Je lui fis comprendre que je l'attendais et son plaisir qui devança le mien d'un instant se prolongea pourtant davantage, car les femmes jouissent plus longtemps que nous.

La minute qui suivit ne nous sépara point. Charlotte restait dans mes bras et me regardait en silence avec cette expression de gratitude que tous les amants connaissent.

« J'aime tes seins », lui dis-je en les caressant.

Et je n'avais dit que cela et j'espère que j'allais trouver quelque chose de mieux, quand elle m'interrompit avec une exclamation de surprise :

« Oh ! que tu es gentil ! C'est maintenant que tu aimes mes seins, mon chéri ? Tu viens d'enculer la pauvre Charlotte et tu n'en es pas dégoûté ?

— Dégoûté ? mais tu es folle.

— Si tu savais ce que c'est que la vie d'une putain...

— Je t'avais défendu de te traiter ainsi.

— Alors qu'est-ce que je suis depuis douze ans qu'il me passe tous les jours quatre ou cinq hommes sur le derrière et que n'importe quelle gousse peut me frotter son cul sur la gueule ? Si je te dis que toutes les putains se branlent, c'est qu'elles ont des raisons pour ça. Quand on fait le métier, on se branle ; autrement on ne jouirait guère. En tout cas, on sait une chose, c'est que

quand on a tout fait pour plaire à un homme et qu'il a fini de décharger, on n'est plus qu'une putain et une fille de putain.

— « Ma pauvre Charlotte », comme tu dis, je t'assure que...

— Et je ne suis pas habituée qu'on me fasse des compliments sur mes nichons quand on vient de m'enculer, voilà. »

Elle avait encore les larmes aux yeux. Je ne savais que lui répondre. L'aimais-je assez pour me faire aimer d'elle ?

Afin de me laisser le temps de la réflexion et de mieux connaître ma compagne de lit, je posai une ou deux questions auxquelles Charlotte répondit par toute une histoire : celle de sa vie.

V

Charlotte s'accouda sur le lit, mit entre mes doigts les seins que j'aimais et me dit de sa douce voix :

« Aussi loin que remontent mes souvenirs, j'ai vu enculer maman. Elle était comme moi, elle faisait tout. De temps en temps elle trouvait un homme qui aimait mieux se faire sucer. Ou bien elle ramenait une gousse. Comme elle avait plus de poitrine que je n'en ai, elle avait tous les huit jours, le dimanche, un ami qui lui faisait l'amour entre les tétons. Ça m'amusait parce qu'il lui déchargeait sur la figure. Enfin il lui arrivait même de baiser puisqu'elle a eu trois filles. Mais tout ça c'était l'exception. Maman était connue pour se faire enculer. On l'enculait, et voilà tout.

« Et, pour ça, maman est aussi comme moi, elle n'a

jamais joui autrement, ni Ricette on plus, et Lili sera comme nous. Seulement, tu penses, il y a des jours où une jeune putain se fait enculer par sept ou huit hommes sans qu'il y en ait un qui l'excite ; et même si elle en trouve un, il n'y a pas souvent de quoi se mouiller la chemise ni avoir les yeux cernés.

« Alors, tous les jours quand j'étais bébé (mais tous les jours au moins deux fois), maman se branlait sur le lit et chaque fois de la même façon : un monsieur venait de sortir, elle restait toute nue, elle prenait dans un tiroir une bougie qu'elle avait fait fondre un peu par le bout, ou bien un rouleau qu'elle faisait tiédir, ou encore le godmiché qu'elle avait acheté pour piner les gousses et avant tout elle se fourrait ça dans le derrière. Jamais maman ne s'est branlée devant moi sans avoir quelque chose dans le cul. Ensuite elle se couchait au milieu du lit et, du bout du doigt... Que veux-tu ? c'est ainsi que les putains déchargent.

« Maman m'a toujours dit qu'elle m'avait fait téter son foutre en même temps que son lait. Ce que je me rappelle, c'est que pendant toute mon enfance je la regardais se branler et j'allais la lécher quand elle avait fini, et plus il y en avait, plus j'étais contente. Maman m'a dit aussi que j'avais cinq ans le jour où je lui ai fait minette assez bien pour la faire jouir. Je ne me rappelle pas, mais je sais que j'étais très petite.

« Il ne faut pas accuser maman pour tout ça, vois-tu, j'ai vingt ans aujourd'hui, je suis libre, et je fais encore minette tous les jours à maman, et chaque fois j'ai autant de plaisir quand elle décharge parce que je l'aime bien.

« Naturellement, j'étais aussi toute gosse quand elle m'a fait goûter du foutre d'homme. Il me semble que j'en ai toujours bu. J'en léchais sur elle quand elle en avait dans les poils ou ailleurs. Je me rappelle un vieux

« Et surtout... Vraiment, c'est facile à comprendre. Toutes les petites filles veulent faire comme leurs mamans. Les filles d'actrices sont folles de joie quand elles ont un rôle à huit ans. Et les filles de putains... quand elles ont un homme elles se croient... Mon chéri, je ne sais pas parler, mais je voudrais surtout que tu n'accuses pas maman parce qu'elle m'a vendue. Tu vois comme je suis. Je ne me roule pas sur toi comme une enragée, je n'ai jamais été vicieuse ; mais je t'assure qu'à huit ans j'étais contente de faire comme maman. Les jours où elle me prenait dans sa chambre, où je voyais près d'elle un monsieur tout nu où il suffisait que je trousse ma petite robe pour le faire bander, j'étais heureuse ! j'étais fière ! Je me serais laissé enculer depuis le trou jusqu'à la bouche. Vois-tu, le plus beau jouet pour une petite fille, c'est la queue. »

Elle soupira en détournant les yeux et son regard rencontra ce qu'elle avait oublié.

« Oh ! fit-elle. Tu bandes ?

— Mais vous avez vingt ans, mademoiselle la petite fille.

— Et tu crois que je suis moins heureuse de te faire bander ? fit-elle en se jetant à mon cou. Tu ne réponds rien, veux-tu que je te suce ?

— Oui et non.

— Qu'est-ce que tu veux dire ? Je fais tout et je n'ai aucune imagination... Lili nous a dit à dîner ce qu'elle venait de faire avec toi. Veux-tu cela ? Je serai ravi et j'espère que tu seras content. »

C'était dit si gentiment et j'avais alors si peu d'imagination moi-même (car comment s'y prendre avec une jolie fille qui n'aime pas baiser ?) que je la laissai faire tout ce qu'elle voulut.

Elle se remit exactement dans la même position que

la première fois. Si j'écrivais un roman, il va de soi que je varierais les postures, mais je raconte les choses telles qu'elles se sont passées.

En pareil cas (et cela est assez singulier) les femmes au lieu de se blaser se passionnent. Charlotte fut plus ardente et surtout plus loquace, parlant sans cesse avec une molle tendresse obscène dont je ne puis exprimer l'accent naturel.

Comme elle s'allongeait de dos contre moi, je lui dis en l'embrassant :

« Tes fesses sont aussi jolies que tes seins. »

Et cette simple phrase me valut un flot de paroles :

« Mes fesses ? Comment elles doivent être roses en ce moment ! comme elles ont envie que tu les encules ! Mais reste, reste, n'entre pas, nous avons le temps. Laisse-moi te caresser la queue avec mes fesses puisqu'elles te plaisent... Que tu es gentil de me dire cela ! C'est ce que j'aime le mieux de mon pauvre corps.

— Mais tu es belle, Charlotte !

— Non, non, je suis comme les autres. Seulement... quand je vois d'autres filles toutes nues et quand je me fourre devant ma glace, je crois... je voudrais croire... que j'ai de jolies fesses... Et comme tu m'as demandé d'abord mon chat, j'avais si peur que tu n'aimes pas mon cul.

— Pourquoi ne l'aurais-je pas aimé ?

— Parce que j'ai autant de poils derrière que devant. J'ai même un petit duvet noir qui me couvre la moitié de chaque fesse, dit-elle en riant. Enfin tu aimes cela, tout va bien. Et tu bandes... tu bandes comme un ange !

— Si l'on peut dire.

— J'ai une envie folle de me faire branler quand je te sens bander sous mon cul ! Mais une envie, une envie ! J'ai pourtant joui quatre ou cinq fois aujourd'hui. Ça ne

fait rien. Moi, je ne compte pas. Plus je me branle, plus ça me repose. Et quand j'ai chaud comme en ce moment, quand je sens mon bouton qui bat et mon trou du cul qui zingue...

— Eh bien! je te connais mieux! dis-je en l'interrompant. Car, si je te disais maintenant : « Charlotte, ne t'excite pas le bouton ni le trou du cul, couche tranquillement et laisse-moi dormir », tu me répondrais : « Si tu veux! »

— Oh! si tu veux! fit-elle mélancoliquement.

— Et si je te dis au contraire : « Charlotte, il n'est que minuit vingt; j'ai joui quatre ou cinq fois aujourd'hui; un jour je suis allé jusqu'à huit et je veux battre mon record avec toi. J'ai tous les vices, toutes les passions, les manies les plus étranges; mais il faut que cinq fois encore avant de quitter mon lit...

— Oh! ça! tant que tu voudras! dit-elle avec son calme sourire. Veux-tu essayer? je n'ai pas sommeil. »

Tout en parlant... J'ai déjà dit avec quelle aisance on enculait Charlotte. Nous nous étions unis comme elle le souhaitait et elle mettait toute sa grâce à faire que ce pis-aller me fût agréable.

Un baiser profond nous fit taire; puis, me regardant par-dessus l'épaule avec un long sourire des yeux qui était presque maternel quoiqu'elle eût le même âge que moi, elle me dit (mais sur un ton!) avec la miséricorde, la patience, l'attendrissement qu'une professionnelle peut incliner sur un apprenti :

« Tu as des vices, mon chéri? Tu as des manies? Dis-moi tout! tu sais bien que tu peux tout me demander. Tu ne dis rien? tu as honte? il faut que ce soit moi...? »

Je ne disais rien parce que mon seul vice était de baiser et que je désespérais de le lui faire comprendre.

Charlotte, qui était la meilleure fille du monde, se méprit sur mon silence. Cherchant toujours mon

regard de ses yeux allongés qui semblaient m'accorder d'avance le pardon des pires tyrannies, elle me dit tranquillement, sans baisser la voix :

« Chie-moi dans la bouche. »

Aujourd'hui, j'ai peine à comprendre comment je n'ai pas bondi en entendant cette phrase. Le commencement du récit m'avait sans doute préparé à tout, même à cet imprévu. Et puis la pauvre fille était si jolie, si douce... Elle m'avait dit cela au hasard, comme une chose toute naturelle... Et, malgré ma stupéfaction, elle insista.

« Oh ! quoi ! si je te le propose, ne te fais pas prier. Je ne te dirai pas que j'aime ça comme Lili...

— Lili aime ça ?

— Bien sûr ! Lili ! Qu'est-ce qu'elle n'aime pas ! Moi, je n'aime qu'une chose, c'est ce que tu me fais...

— Alors ?

— Mais je suis habituée à tout. Ne te fâche pas ; plus tard, à la fin de la nuit, chie-moi dans la bouche, tu rebanderas.

— Charlotte !

— Et puis je ne sais pas ce que j'ai, ta queue me brûle, tu me fais envie, je veux ta merde comme ton foutre. »

Ces derniers mots furent dits avec un tel accent que je ne reconnaissais plus Charlotte. Elle si molle devint raide et brusque. La tête cachée sous un oreiller, elle jouit sans me prévenir en étirant les jambes jusqu'à l'extrémité du lit.

Silencieuse une minute à peine, elle se souvint avant moi de ce qui avait été convenu. Elle releva sa tête rougissante et me dit pour achever sa phrase :

« En attendant, c'est ton foutre que je vais avoir dans la bouche. »

Encore égaré par tout ce que je venais d'entendre, je ne pensai pas à m'étonner que Charlotte, comme Lili, fît passer tout simplement de son derrière entre ses lèvres l'organe viril de son amant. Moi aussi, je m'habituais à tout ; et si je bondis, cette fois, ce fut pour une autre cause :

« Ah ! non ! tu ne vas pas me sucer comme ça !

— Quoi ? je m'y prends mal ?

— Tu n'aimes pas qu'on te fasse minette parce que cela te fatigue et voilà comment tu suces tes amis ? Tu veux me tuer.

— Oh ! là ! là ! qu'est-ce que tu dirais si tu avais été sucé par maman... Mais comment veux-tu que je fasse ?

— Ouvre les dents, ferme les lèvres, laisse ta langue tranquille et... je vais te guider. »

Disant cela, je lui mis une main dans les cheveux, puis, avec la docilité de son doux caractère, elle se fit lente et resta immobile quand je le lui ordonnai.

Lorsqu'elle se retrouva auprès de moi, plus jolie encore... car une jeune femme qui vient de prêter sa bouche revient avec un rayonnement sur le visage, je lui dis :

« Ma Charlotte chérie, répète un peu ce que tu es ?

— Une pauvre putain, qui n'est pas malheureuse cette nuit.

— Alors pourquoi suces-tu comme une jeune fille du monde ?

— Tu dis cela parce que j'ai bu ? fit-elle en riant. Tais-toi. Je suis plus contente d'avoir bu ton foutre que toi d'avoir été sucé.

— Encore un mot de jeune fille. Non seulement tu suces, mais tu parles comme une jeune fille à marier.

— C'est que j'en ai goussé beaucoup, dit Charlotte avec un soupir. Je me suis tant mouillé les lèvres avec du foutre de pucelle que tu me trouves un air innocent.

— Et c'est drôle, ce que tu viens de dire. Tu te crois sotte et putain, tu n'es rien de tout cela.

— Hélas ! »

Et elle continua son récit.

« Donc, à huit ans j'étais putain avec maman qui en avait vingt-quatre. La môme Ricette avait été mise en nourrice et alla plus tard en pension. Nous étions seules, maman et moi.

« Maman ne me fatiguait pas. Elle m'exerçait. En moyenne un miché par jour. S'il en venait davantage, on disait que j'étais sortie. Si je restais deux jours sans rien faire, elle m'enculait elle-même avec un godmiché pour que je ne me rétrécisse pas. Presque jamais je ne lui faisais minette. Elle me répondait toujours : « Tu es bien gentille, ma gosse, mais j'aime mieux me branler. » Je la léchais, bien entendu, quand elle avait fini de jouir, et c'était tout.

« A cette époque, j'avais quatre costumes que je prenais selon les cas. D'abord une robe de petite fille très élégante avec une grande ceinture de soie. Et puis un peignoir de bordel avec des entre-deux. Et puis un tablier noir d'écolière ; je nattais mes cheveux quand je le mettais. Et puis un costume de petit garçon que je portais avec une perruque. Et tout ça m'amusait encore plus que les michés.

« Jamais maman ne me laissait seule avec un homme. Chaque fois qu'on m'enculait, elle me tenait les fesses, elle me mettait elle-même la pine dans le cul, ainsi on ne me faisait pas mal. Et pourtant j'en ai eu des queues à cet âge-là ! Les hommes qui enculent les petites filles

sont ceux qui ont les plus gros membres, est-ce drôle ? Mais, grâce à maman, jamais je n'ai saigné.

« En même temps j'apprenais à aider maman. Quand on l'enculait devant moi, je suçais les couilles de son ami ou bien je faisais... ce que Lili fait maintenant... c'est difficile à expliquer... je mettais toute la main dans le con de maman et j'empoignais la queue qu'elle avait dans le cul en la serrant dans la peau qui sépare le con et le cul, est-ce que tu comprends ? et ainsi je branlais la pine qui enculait maman. Lili te le fera demain si tu veux.

« Cette existence-là durait depuis un an quand il m'est arrivé la chose la plus extraordinaire de ma vie. Et pourtant, j'en ai vu, depuis ! et j'en ai à te dire, tu verras ! Mais ça, c'est à ne pas le croire, si je ne te jurais pas... »

Charlotte leva le bras :

« Je te jure sur la tête de maman que c'est vrai.

« J'avais neuf ans. C'était en juillet. Nous avions déjeuné avec un monsieur dont je sais bien le nom. A quatre heures nous avons couché tous les trois à poil sur le lit. Maman était saoule, ça ne lui arrive pas souvent. Je me souviens qu'en se couchant elle m'a dit : « Oh ! ta langue ! je suis trop saoule pour me branler ! » Pendant ce temps-là, le monsieur m'a enculée, et (il était peut-être aussi saoul que maman ! il m'a dit avant de jouir : « Fais un gosse à ta mère avec ton cul, chie-lui ce foutre-là dans le con. »

« Moi, jamais je n'aurais voulu faire une chose pareille ; mais maman avait bu du champagne, elle était en chaleur, elle jouissait, on est loufoque dans ces moments-là. Crois-tu qu'elle m'a dit : Oui !

« On lui a mis le derrière sur un oreiller, le con grand ouvert. Moi, j'avais mon petit cul plein de foutre, tu penses ! Je me suis accroupie... j'ai fait ce qu'elle disait... et comme elle ne croyait guère qu'on pouvait faire un

gosse comme ça, elle a été sur son bidet deux heures après.

« Eh bien, elle devait avoir ses affaires le surlendemain, elle ne les a pas eues, elle est devenue enceinte de ça, puisque depuis six semaines elle n'avait pas baisé. Et sais-tu qui est né de cette histoire-là ? c'est Lili.

— Elle le sait ?

— Je te crois qu'elle le sait ! Voilà une gosse que j'ai portée dans le derrière avant que maman l'ait dans le ventre. Aujourd'hui, il y a bien des fils qui enfilent leurs mères et qui leur font des mômes qui sont à la fois leurs filles et leurs sœurs ; mais ils les leur pissent du bout de la pine, comme leurs pères les ont faits eux-mêmes ; tandis que moi, Charlotte, moi qui ne sais rien faire que ce qu'on me dit, moi qui n'ai pas pour un sou de vice ni d'imagination, moi qui... enfin, tu viens de le voir, j'ai douze ans de pratique et il a fallu que tu me tiennes la tête pendant que je te suçais parce que je ne sais même pas mesurer la nervosité d'une queue que j'ai dans la bouche. Eh bien ! la pauvre Charlotte qui t'embête en te racontant toutes ses histoires, elle a fait une fille à sa mère, à l'âge de neuf ans, et avec son cul ! Crois-tu qu'une chose pareille devait m'arriver à moi ? Et je te jure sur la tête de maman que c'est vrai. »

Après un silence, elle reprit :

« La grossesse de maman ne la gêna pas ; au contraire, elle lui permit de se faire baiser pendant neuf mois, sans l'empêcher de se faire enculer comme d'habitude.

« Pendant les deux derniers mois surtout, ses amants réguliers venaient la voir sans cesse. A certains hommes, il faut des curiosités. Le ventre de maman était devenu énorme. Cela ne faisait que plus de contraste avec mon petit corps. On pouvait enculer au choix, sur le même lit, une petite fille qui n'avait pas de

poils, ou sa mère qui en avait énormément et qui était enceinte de neuf mois. Je n'aurais jamais cru qu'il y eût tant d'hommes avides d'enculer une femme grosse.

« Enfin Lili vint au monde. Maman se remit assez vite et nous reprîmes le métier aussitôt que possible.

« J'avais alors dix ans. A cet âge-là, les petites filles s'habituent à certaines choses plus facilement que les femmes. Les petites filles sont toutes un peu sales. Elles se donnent des rendez-vous d'amour aux chiottes. Elles se pissent sur le ventre. Elles se fourrent le doigt dans le cul l'une de l'autre et elle se sucent. Tu le sais bien.

« Pensant que ça pourrait me servir plus tard, maman m'a d'abord fait jouer avec une petite copine qui m'a appris des tas de saletés. C'est drôle, quand j'y pense ; j'étais putain depuis deux ans et cette gosse-là, je te jure, inventait des saloperies que je n'avais pas vu faire aux hommes. Enfin c'est elle qui m'a déniaisée sous ce rapport-là, et ce que j'avais commencé avec une copine, je l'ai continué ensuite avec les michés.

« Ça me gêne de te dire ça et pourtant... il y a beau temps que ça ne me gêne plus de le faire. Tu ne sais pas ce que c'est que le métier de putain. J'avais dix ans quand maman a bien voulu faire coucher avec nous un banquier qui aimait... sais-tu quoi ? enculer maman jusqu'au fond, retirer sa queue et me la faire sucer. Plus la queue était merdeuse et plus il avait de plaisir à me la fourrer dans la bouche.

« Je m'y suis habituée. Et puis, ce que je faisais avec maman, je l'ai fait avec une autre femme, et puis... une petite fille est si vite dressée à ces choses-là ! L'autre femme était une très jolie gousse, nommée Lucette, que j'aimais bien, qui couchait souvent chez nous et qui avec les hommes ne marchait que par-derrière, comme maman et moi. Quand maman a vu que j'avais bien voulu, elle s'est concertée avec elle, et

elles m'ont dit toutes les deux qu'à mon âge il était temps que j'apprenne à me faire chier dans la bouche, que ce n'était pas plus difficile que ce que j'avais déjà fait, et que Lucette voulait bien m'apprendre.

« Oh ! je vois bien ce que tu penses... que c'était plus facile pour Lucette que pour moi... Eh bien, ça n'est pas vrai. Réfléchis une minute : est-ce que tu le ferais ? Je te connais aussi, moi, maintenant. Suppose une pauvre gosse de dix ans qui n'a jamais essayé ça. Est-ce que tu aurais le courage... ! Moi, je trouve que Lucette a été bien gentille et bien complaisante. Et elle avait pitié, la pauvre fille. Je me rappelle que chaque fois, pour n'avoir pas l'air de m'humilier, elle m'embrassait sur la bouche après. Pauvre Lucette !

« Que veux-tu ? je fais tout ce qu'on me dit. J'ai appris ça comme le reste. D'ailleurs il ne faut pas croire qu'on le fait tous les jours. Mais c'est bien utile à savoir parce qu'on fait tout le temps des choses qui y ressemblent. Un homme qui prend deux gousses, qui encule la première et qui lui fait chier le foutre dans la bouche de l'autre, ça, c'est courant... Le soir, à dîner, Lili rigolait parce que ça t'avait choqué qu'elle se retire ta queue du cul pour te la sucer. Qu'est-ce que c'est que ça ! On en voit, je t'assure, dans le métier de putain ! »

Elle poussa un profond soupir, non sur son passé, comme on pourrait le croire, mais sur son défaut d'éloquence. A genoux au milieu du lit, assise sur les talons et tenant entre les mains ses cheveux noirs qui s'étaient défaits et qui lui couvraient les cuisses, elle dit d'une voix désespérée :

« Je ne sais pas m'expliquer. Je suis conne comme la lune.

— Encore !

— Et aussi... Je crois que tu ne sais pas du tout ce que c'est qu'une putain.

— Qu'est-ce que je ne sais pas ? Dis-le moi. Prends ton temps. Cherche tes idées.

— Tu crois que ce qui nous dégoûte ce sont les choses ; non, ce sont les hommes.

— Tu vois bien que tu sais expliquer.

— Toi, par exemple, je n'ai pas de béguin pour toi. Du moins j'espère que je n'en ai pas, je verrai ça demain. Mais enfin je suis contente sur ton lit, et... c'est pas une déclaration que je te fais... Chie-moi dans la bouche si tu veux. J'aime mieux cela dix fois avec toi que de sucer la queue à certains hommes. Tu sais bien ce qui est arrivé à Ricette ?

— A Ricette ?

— Elle ne te l'a pas dit ? Voilà une gosse qu'on a mise en pension jusqu'à treize ans et demi. Elle est sortie de là ayant tous ses pucelages et ne sachant rien de rien que de se branler et de faire minette : c'est tout ce qu'on lui avait appris à la pension. Maman l'a fait enculer tout de suite, et nous avons cru que cette gosse-là nous dégoterait toutes les trois. Huit jours après elle s'y prenait mieux que moi, elle se fichait les pattes en l'air dans les cent trente-deux positions, elle faisait casse-noisettes aussi bien que maman, et plus de vaseline, plus rien au cul qu'une goutte de salive sur le bout du doigt. Alors, naturellement, on l'a fait sucer ; et par malheur le premier homme qui lui a joui dans la bouche, un vieux qui n'avait pas vidé ses couilles depuis trois mois... Tu peux pas comprendre ça, vois-tu. Faut être putain. La pauvre gosse a dégueulé tout ce qu'elle avait dans l'estomac et, depuis, il n'y a plus moyen de lui apprendre à sucer. Chaque fois qu'elle a du foutre d'homme dans la bouche, elle dégueule ! C'est malheureux, une si belle môme, si chaude, si gaie à poil, qui se branle partout, qui ne pense qu'à la queue et qui se fait enculer mieux que moi, je peux le dire.

— Non.

— Pourquoi dis-tu non ? tu le sais bien.

— Je te réponds simplement et franchement comme tu parles. Je te dis non parce que, depuis une demi-heure, tu as fait tout ce qu'il fallait pour me dégoûter de toi et je suis émerveillé que tu n'y réussisses pas. Tu n'as d'éloges que pour les autres et d'injures que pour toi-même. Tu excuses et tu adores la mère qui t'a prostituée. Après douze ans de travaux et de tristesses, tu te mets au-dessous de la petite sœur qui débute et qui refuse presque tout ce que tu acceptes. Tu gardes même un souvenir attendri et reconnaissant à « la pauvre Lucette » qui a « bien voulu » te...

— Tais-toi ! fit-elle en pleurant.

— Mais toi qui parles, si l'on t'en croit, tu es une bête, une conne, une putain archi-putain, une fille immonde qui n'est peut-être pas digne de recevoir un baiser sur la bouche puisque...

— Non, je n'en suis pas digne ! fit-elle en secouant la tête et en pleurant plus fort.

— Et tout ce que je vois, pour preuve de ce que tu dis, c'est d'abord une des plus jolies filles que l'on puisse étreindre, et plus jolie d'heure en heure à mesure qu'on la connaît mieux ; c'est ensuite un être excellent qui depuis l'âge de huit ans a toujours fait l'amour pour le plaisir des autres, qui se sacrifie tous les jours aux intérêts de sa mère et aux caprices des hommes et qui offre tout, chaque soir, de tout son cœur, même cette nuit, à moi qu'elle n'aime pas.

— A toi que je n'aime pas ? dit-elle. Que je n'aime pas ? »

Et les bras à mon cou, pleurant sur mon épaule :

« Tu vois bien que je ne suis qu'une bête puisque tu n'as pas compris ! »

VI

Quand elle reprit son récit après un long intervalle :

« Et maintenant je te dirai tout ce que tu voudras, fit-elle, comme si je me confessais. Si tu veux les noms, je te dirai les noms. Si tu veux les mots, je te dirai les mots. Et si j'oublie un détail, demande-le, tu le sauras.

— Comment allons-nous intituler cette histoire ?

— Histoire de tous les poils de mon cul ! fit-elle en riant.

— Tu n'en finiras jamais. Il y a de quoi remplir cent volumes.

— Ce ne sera qu'un petit résumé à l'usage des écoles primaires ! » s'écria-t-elle en riant de plus belle.

Charlotte n'était plus la même. Elle était gaie, elle avait changé de visage et si j'avais été son ami le plus intime elle ne m'aurait pas conté sa vie avec plus de franchise et d'abandon.

« A propos d'école primaire, j'y suis allée à dix ans. Ricette est la seule de nous trois qui ait été élevée dans un « pensionnat de jeunes demoiselles » avec des petites filles du monde qui font le soir leur prière avant de se bouffer le chat.

« Moi, j'allais à l'école de mon quartier et j'étais une de celles qui se conduisaient le mieux, tu devines pourquoi. A la sortie, il y en avait qui allaient se peloter dans les terrains vagues, ou faire des saloperies avec la fille de la crémière qui voulait bien montrer ses poils à celles qui lui passaient la langue dans le cul ; ou surtout jouer avec les garçons qui se laissaient tirer la pine.

« Mais tu penses que, moi, je n'étais pas curieuse d'aller voir une pine ou une fille poilue. Et puis maman

m'attendait. La classe finissait à quatre heures et il y avait des jours où j'étais enculée à quatre heures et quart. Je n'avais que le temps de rentrer.

« L'année suivante, j'ai fait une première communion comme on n'en fait guère. Un ami qui montait sur moi trois fois par semaine s'est amusé à m'apprendre un catéchisme de sa composition qu'il me faisait réciter. Ce n'étaient que des ordures et il y en avait seize pages. Le matin de la cérémonie, il est venu à sept heures et il a voulu que je le suce pour que j'aie du foutre dans l'estomac... Maman disait que dans ces conditions-là ce n'était pas la peine de faire ma première communion ; mais il a donné cent francs et alors.. Et ce n'était que le commencement. Quelle journée ! Je peux dire que c'est mon vrai début ! Tous mes amants voulaient m'avoir sous ma robe de communiante et ils voulaient tous m'enculer ! Il en est venu douze, vois-tu ça ? Ce jour-là, nous n'avons dîné qu'à neuf heures du soir. J'avais été enculée cinq fois ! cinq fois ! et j'avais sucé quatre hommes ! et les trois autres avaient déchargé je ne sais pas comment, mais ma belle robe blanche était pleine de foutre comme la jupe d'une pierreuse. Ah ! je m'en souviendrai de ma première communion ! »

Charlotte hocha la tête avec un sourire consolé. Sa tristesse avait disparu. Elle parlait avec entrain et, comme les jeunes filles qui ne savent pas conter, elle gâta l'effet suivant en essayant de le préparer, mais cela ne fit que souligner l'ingénuité de son récit.

« Tu ne t'attends guère à ce que je vais te dire, maintenant, mais vraiment j'ai tout vu dans ma putain de vie ! Un an plus tard, je me suis fait foutre de moi par cinq gamines parce que j'étais pucelle ! »

J'avoue en effet qu'au point où nous en sommes du récit de Charlotte, si j'attendais un coup de théâtre, ce n'était pas celui-là.

« Je t'ai promis, dit-elle, l'Histoire de tous les poils de mon cul. Elle ne fait que commencer. J'avais douze ans et il y avait quatre ans que j'étais putain, quand mes poils se sont mis à pousser. Ah ! ça n'a pas été long ! Au bout de six mois, j'étais poilue comme une femme.

« Tu commences à me connaître un peu. Je n'ai jamais été une de ces jeunes filles passionnées qui vous prennent la main en disant : « Je bande !... » Non, je ne bande pas, mais je mouille pour rien. Quand je mouille, j'ai envie de me branler. Et quand j'ai envie de me branler, je me branle. »

Elle rit en se renversant. Sa bonne humeur la transformait.

« Donc, c'est à douze ans que j'ai pris l'habitude de me branler autant que je pisse, et maintenant ce n'est pas assez dire, car, aujourd'hui, par exemple, je ne pisse pas si souvent que je me fais décharger.

« Maman m'a conseillé de me branler toujours quand on m'enculerait, évidemment, mais elle était contente de voir que je me branlais même devant elle, et, comme je m'y prenais mal, elle a eu la patience de me l'apprendre elle-même, d'abord avec son doigt et puis avec le mien. Faut-il que je sois gourde tout de même ! Quand je pense que je n'aurais même pas su me branler toute seule si maman n'avait pas tenu ma main dans la sienne !

« En ce temps-là, j'allais toujours à l'école et nous habitions un quartier de Marseille, où il n'y avait guère de putains, mais encore moins de pucelles. Je crois que toutes les gamines de l'école baisaient : les unes avec leurs frères, les autres avec leurs pères, leurs cousins, leurs voisins. J'en connaissais une qui avait dix ans et qui se vantait de tirer plus de six coups tous les soirs, en levrette, contre une palissade, dans un chantier en construction... J'en connaissais une autre qui s'appelait

Clara, maigre comme un petit squelette, on lui voyait les os des fesses et elle n'avait pas de poil. Elle a raconté devant moi, en pleurant, à une femme de quarante ans, qu'elle couchait toutes les nuits entre ses deux frères et qu'ils lui faisaient ça ensemble, tant ils étaient pressés, l'un par-devant, l'autre par-derrière et la femme lui a répondu : « Je voudrais bien être à ta place ! » Ah ! j'en ai des souvenirs d'enfance...

« Enfin, j'étais donc un jour à l'école dans un coin du préau, avec cinq copines, et chacune racontait comment elle se branlait. Quand j'ai dit (sans parler de maman) que je me fourrais une bougie dans le cul pendant que je me frottais le bouton, elles ont trouvé ça épatant et elles m'ont invitée dans un petit jardin, chez l'une d'elles qui s'appelait Régine. On se montrerait tout, on se branlerait ensemble, on s'amuserait comme des reines. Justement ce jour-là maman devait sortir. J'ai suivi mes petites copines. Et alors...

« Ah ! qu'est-ce qui m'est arrivé !... Il faut te dire que par-devant j'avais un de ces pucelages comme on n'en fait guère : juste de quoi passer un crayon. Les cinq ont levé leurs jupes d'abord : elles étaient toutes dépucelées ; les trois plus jeunes n'avaient pas de poils et les deux autres un simple duvet. Quand elles ont ouvert à la fois ma touffe noire et mon pucelage, elles se sont mises à rire, mais à rire ! Un pucelage avec du poil autour, elles n'avaient jamais vu ça. Crois-tu qu'elles en ont fait une ronde autour de moi et, comme les petites filles sont capables de répéter deux cents fois la même connerie, elles répétaient sans cesse : « La pucelle à barbe ! la pucelle à barbe ! la pucelle à barbe ! la pucelle à barbe ! »

« J'en pleurais de rage en racontant cette scène le soir à maman ; et peu de choses ont eu plus d'importance

dans ma vie, car maman trouva que mes petites copines avaient deux fois raison.

« Elle me dit d'abord que j'avais trop de poils pour mon âge. Et tu ne te figures pas ce que maman est capable de faire pour moi ! Crois-tu qu'elle a eu la patience de me raser pendant trois ans ! Ce n'était pas une petite affaire, puisque j'ai du poil partout, sous les bras, sur le ventre, sur le chat, sur les cuisses et jusque dans la raie des fesses. A quinze ans j'avais encore la motte rasée comme une sultane, et tout le monde trouvait ça joli, aussi bien les gousses que les hommes. Je ne sais pas pourquoi on n'en fait pas autant à Ricette.

« Ensuite, quand maman a vu comme j'étais honteuse d'être encore pucelle et que toutes les petites filles se foutaient de moi pour ça, elle m'a promis de chercher quelqu'un, sachant très bien que je ne me ferais jamais dépuceler moi-même.

« Mais d'abord... est-ce que tu as déjà dépucelé des filles, toi ?

— Oui. Ça n'est pas drôle. Tu es bien gentille de ne plus l'avoir, ton pucelage, où l'on ne pouvait passer qu'un crayon.

— Ah ! Eh bien, suppose qu'on te dise : voilà Charlotte, elle a douze ans ; vous pouvez l'enculer dans toutes les postures ; vous pouvez jouir dans sa bouche ; elle va vous lécher le ventre, vous sucer les couilles, vous faire feuille de rose et tout ce que vous voudrez. Elle fera devant vous minette à sa maman ou bien elle l'enculera avec un godmiché, etc. etc., et tout ça vous coûtera cent louis. Qu'est-ce que tu dirais ?

— Je dirais que je n'aime pas les mauvaises plaisanteries.

— Alors ça ne t'étonnera pas si je l'ai attendu longtemps, mon dépuceleur et si Ricette n'a pas encore trouvé le sien.

« D'ailleurs maman n'y tenait pas. J'apprenais à jouir par le cul ; elle était ravie. Plus je grandissais, plus j'avais de plaisir à me faire enculer. A quoi ça m'aurait-il servi de baiser ?

« J'étais donc très heureuse quand il m'a bien fallu apprendre encore quelque chose de nouveau. Devine quoi. Regarde-moi et, si tu aimes ce dont il s'agit, tu trouveras tout de suite que je suis un sujet pour... pour... Tu ne devines pas ? Alors c'est que tu n'aimes pas ça... Pour la flagellation.

— Oh ! c'est qu'en effet je n'aime pas ça du tout. Et pourquoi es-tu un sujet...

— Parce que je pleure comme une fontaine et que cela fait le bonheur de ces messieurs.

— Ma pauvre Charlotte !

— Je te le dis pour la vingtième fois, tu ne sais pas ce que c'est que le métier de putain. Imagine-moi, âgée de treize ans, en tablier noir d'écolière, avec une natte dans le dos, à genoux près du lit, la robe retroussée... Je tenais mes fesses, je montre mon petit trou du cul qui sera naturellement enculé à la fin de la séance, et mon pucelage au-dessous avec sa motte rasée. Un monsieur me fouette de toutes ses forces et se met à bander parce que j'éclate en sanglots. Maman est là pour empêcher qu'on ne me tue... mais enfin tout de même... Quelles minutes !... Et c'était surtout ces jours-là que se passaient les choses dont je te parlais il y a une heure... L'homme qui me faisait ça amenait sa maîtresse, une grande bringue qui avait l'air encore plus féroce que lui. Il l'enculait sur moi, et alors, lui retirer sa pine du cul et me la faire lécher de force quand je pleurais à chaudes larmes, c'était si bon, paraît-il, qu'il jouissait malgré lui dans ma bouche et ensuite il me reprochait de l'avoir fait décharger trop tôt, parce qu'il aurait voulu aussi enculer mon derrière fouetté et je recevais une claque si

forte que... j'avais beau serrer les lèvres, le foutre en jaillissait comme le jus d'un citron.

— Ta mère permettait ça ?

— Ne dis pas de mal de maman, d'abord. Je l'ai vue fessée plus fort que moi et ça me faisait plus de mal quand c'était elle.

— Je te reconnais là. Et le monsieur était content ?

— Probable. Jamais je n'ai pleuré plus fort qu'un soir où il lui a flanqué un coup de fouet qui a fait saigner la pauvre maman depuis la lèvre du con jusqu'au milieu de la fesse. J'en ai failli avoir un coup de folie. Alors pendant presque deux ans maman n'a plus recommencé ! »

Charlotte rêva un instant, puis elle eut un vague sourire :

« C'est l'année où j'ai eu le plus de succès auprès des gousses. Il y a des jeunes filles qui commencent à jouir à dix-huit ou vingt ans, ou même plus tard. Moi, j'ai commencé de bonne heure et l'idée que maman avait eue de me raser faisait de moi un phénomène.

« Une gousse qui s'étend sur un lit en soixante-neuf sous une petite pucelle sans poils et qui lui fait minette et qui reçoit dans la bouche autant de foutre (et quel foutre !) qu'une nourrice peut donner de lait, tu peux croire qu'elle est excitée... Je dis « et quel foutre... » Tu sais qu'il y a deux sortes de gousses, celles qui lèchent le cul de leur bonne parce qu'il a plus de goût que celui de leur amie, et celles qui cherchent au contraire tout ce qu'il y a de plus délicat. Pour celles-ci, un pucelage sans plumes qui bave comme le con d'une gitane, elles ne se lasseraient pas d'y passer la langue.

« J'ai eu beaucoup de gousses à treize ans et, crois-tu ? je souffrais presque autant qu'à me faire fouetter. La langue m'éreinte. C'est dix fois plus qu'il n'en faut pour me faire jouir. Tu as vu tout à l'heure comme je

me branlais, à peine si je me touche. Je n'ai même pas besoin de me toucher. Veux-tu que je te fasse plaisir comme ça ?

— Comment ?

— Tant que tu voudras, encule-moi sans que je me branle, tu me feras jouir avec ta queue comme si tu enfilais une petite baiseuse.

— Alors, pourquoi te branles-tu ?

— Oh ! c'est merveilleux tout de même. On jouit quand on veut.

— Charlotte, lui dis-je, tu viens de me répondre une énormité.

— Ça ne m'étonne pas de moi. Je suis si conne ! » fit-elle en secouant la tête.

Et comme je la tenais affectueusement, et qu'elle se sentait en sécurité dans mes bras, elle me dit avec un rire qui la renversa tout entière :

« Si l'Histoire des poils de mon cul » pourrait avoir cent volumes, alors combien en faudrait-il pour l'Histoire de mes conneries ?

— Mais quelle rage as-tu de t'injurier ?

— Explique-moi ce que j'ai dit d'énorme.

— Tu prétends que je ne connais pas ton métier de putain ? Et je te réponds que tu ne connais pas ton métier d'amoureuse. »

La phrase était si claire que Charlotte la comprit.

« Amoureuse ? fit-elle en se penchant sur moi. Mais tu n'entends donc rien à tout ce que je te raconte ? Amoureuse de qui ? Amoureuse du cochon qui vient m'enculer trois fois par semaine et qui me fait avaler son foutre avant ma première communion ? Amoureuse de la vache qui a cinquante ans, qui est six fois grand-mère et qui frotte son cul sur ma petite figure ? Amoureuse du fou qui me chie sur le corps pendant que maman le suce ? Amoureuse du bandit qui me force à

voir comment il fouette le con de ma mère, le con d'où je suis née et qui fouette ce con jusqu'au sang. Mais je sais comment te le crier : les putains comme les pucelles n'ont qu'un amour qui les console ; elles ne sont amoureuses que de leur doigt. »

Après un frisson, elle se ressaisit.

« Tu m'en fais dire plus que je n'en pense. Je n'ai pas le droit de les traiter de cochons, de vaches et de bandits, tous ces gens. Ils ne m'ont pas violée... Ce que je voudrais te faire comprendre... c'est que plus on est putain et plus on est vierge. »

Cette fois, je lui pris le visage dans mes mains, et les yeux sur les yeux je lui répondis :

« C'est le plus beau mot que tu pouvais me dire. »

Qui ne le penserait ? Et ce mot-là, c'était Charlotte, corps et âme. Ses bons yeux me regardèrent sans rien pénétrer de ma pensée intime :

« Pourquoi me fais-tu des compliments sur tout ? Mes cheveux, mes yeux, mes seins, mes poils... Ça ne vaut pas cent sous, mon chéri. Va au bordel, tu trouveras mieux. Mes fesses... tu as fait le bonheur de ma nuit quand tu m'as dit que j'avais de jolies fesses ; c'est évidemment ce que j'ai de mieux. Mais ne te fous pas de Charlotte ; n'admire pas les mots qu'elle dit...

— Les mots qu'elle dit, ce sont les sentiments qu'elle éprouve.

— C'est aussi que les putains parlent avec leur cœur, comme les jeunes filles du monde parlent avec leur con. »

La phrase était dite sans effet, comme une vérité bien connue ; mais je ne répondis rien ; j'étais humilié. Charlotte se croyait sans aucun esprit et chacune de ses répliques était plus intéressante que les miennes. J'avais (comme sans doute ma lectrice) plus

de plaisir à l'écouter qu'à l'interrompre, et j'attendais la suite de son récit, quand elle s'écria, stupéfaite :

« Comment, tu bandes encore ?

— C'est de ta faute.

— Qu'est-ce que j'ai fait pour ça ?

— Tu m'as montré ces cheveux, ces yeux, ces seins, qui ne valent pas cent sous, dis-tu. On trouve mieux au bordel, n'est-ce pas ?

Et c'est moi qui te fais bander, sans que je te touche ?

— Je le crains. Je m'en plaindrais à ta mère.

— Et qu'est-ce que tu veux que nous...

— Je ne veux rien.

— Tu plaisantes ! mais cela me donne envie !

— Prends patience. Fais comme moi. Je ne suis pas pressé.

— Alors, moi toute seule, laisse-moi faire, laisse-moi.

— Non, mademoiselle, je vous défends de vous livrer à l'onanisme sur mon lit. Les moralistes et les médecins...

— Je les emmerde. Je mouille, j'ai envie de me branler et quand j'ai...

— Et quand tu as envie de te branler, tu te branles. Je connais la phrase. Eh bien ! tu ne te branleras pas jusqu'à trois heures du matin.

— Près d'un jeune homme qui bande entre mes cuisses et jusqu'au milieu de mon cul ? Tu ne veux pas que ça m'excite ?

— Au contraire, je le veux. Ton récit n'en sera que plus animé. »

« Ne me défie pas, dit-elle. Je suis toujours lasse et molle parce que je me fais jouir autant de fois que l'envie m'en prend. Tu ne me reconnaîtras plus si tu me forces d'attendre, je vais te dire des saloperies idiotes, que

je regretterai. Es-tu méchant de m'exciter jusque-là ! »

Une main sur les yeux, l'autre à mon épaule, elle geignit et répéta :

« Oui, des saloperies ! c'est tout ce que je peux te dire, à cheval sur une queue aussi raide et pendant que tu me tiens les bras.

« Et puis, je m'en fous ! Tu le sais, que je suis une salope, que je suis la dernière des dernières, la putain que tout le monde encule, qui suce la queue de n'importe qui et qui tète la pine des chiens quand on veut ; c'est le même prix.

— Charlotte !

— Je m'en fous ; tu le sais que j'ai tout fait avec les hommes et les femmes, les garçons et les petites filles ; j'ai bu du foutre d'âne, du foutre de cheval ; j'ai tout fait ! j'ai mâché des étrons de putains ! Tu le sais bien que depuis ma naissance je vis dans le foutre et dans la merde.

— Tu deviens folle !

— Dans le foutre et dans la merde ! pleura-t-elle. Même chez toi. Ta queue sortait de mon derrière quand je l'ai sucée.

— Mais c'est toi-même qui...

— Et je te dégoûte puisque tu bandes contre mon cul sans vouloir de moi, quand je me mouille la cuisse jusqu'au genou.

— Enfin...

— Faut-il... Faut-il que je te dégoûte puisque tu ne veux même pas me chier dans la bouche quand je t'ai dit trois fois que... que... »

Elle éclata en sanglots. A un pareil accès de démence il n'y avait qu'un remède, c'était de baiser promptement Charlotte ou plutôt de l'enculer puisqu'elle le préférait. Faire jouir les femmes pour les faire taire est un principe connu de toute antiquité.

Malheureusement, si le désir l'avait poussée à « dire des saloperies » comme elle m'en avait prévenu, ces mêmes saloperies avaient refroidi le désir qu'elle m'inspirait. Certaines réciproques en amour ne sont pas vraies. D'ailleurs Charlotte semblait trop égarée pour savoir ce que je faisais ou ce que je ne faisais pas. Elle pleurait et elle se branlait. Ne pouvant arrêter ses larmes, j'avais renoncé aussi à retenir sa main. Quand elle eut compris que je la laissais faire, elle cessa de pleurer, leva les yeux et me dit beaucoup plus bas, mais sans changer de langage :

« Dis-le-moi toi-même que je suis une salope.

— Non.

— Si, ça me fait plaisir. »

Je comprenais enfin. Elle me parlait très bas, en tremblant de la tête aux pieds.

« Appelle-moi putain pendant que je me branle pour toi. Putain et pierreuse et garce ! Dis que tu m'enculeras pour quat'sous, tu veux ? Tu me fourreras ta queue par le trou du cul jusqu'au fond, jusqu'au fond ! Tu m'enculeras pendant une demi-heure en me limant de toutes tes forces et tu me donneras quat'sous après. Si tu ne veux pas jouir dans mon cul, je te sucerai. Je voudrais toujours avoir la bouche pleine de ton foutre. Pas seulement la bouche, mais tout le corps. Je te branlerai sur ma figure. Mais qu'est-ce qu'il faut que je te dise pour que tu m'appelles salope ? Je retiens mon doigt, je me touche à peine. Appelle-moi putain et salope et vache. Dis que tu me pisseras sur les nichons et que tu me chieras dans la gueule ! Dis-le pendant que je décharge, que tu me feras manger ta merde ! Dis-le donc ! Dis-le ! Dis-le ! »

Elle s'évanouit à demi et ne rouvrit les yeux qu'après un long silence. Son premier mot fut :

« Je suis toquée ! »

Puis, voyant que je ne disais rien pour la démentir, elle reprit :

« Tu vas avoir une belle opinion de moi !... Et c'est de ta faute... Non, c'est de la mienne. Tu ne pouvais pas savoir.

— Qu'est-ce que j'ai fait ?

— Maman dit toujours : « Charlotte, quand elle a envie de branler, si elle se retient cinq minutes, elle devient maboule ». Tu m'as retenue...

— Je ne le ferai plus.

— Est-ce sûr ?... C'est drôle pour un homme, n'est-ce pas, une fille qui ne peut pas s'empêcher de dire des saloperies quand elle est en chaleur ? »

Je pris Charlotte dans mes bras, et parlant à voix basse et tenant sa tête de telle façon qu'elle ne fût pas forcée de me regarder :

« C'est maintenant, lui dis-je, que tu vas me faire ta confession. Ou plutôt je la ferai pour toi et tu me répondras oui ou non. Veux-tu ?

— Oui.

— Les hommes que tu vois ne te séduisent guère ; mais... sois franche : tu aimes le métier de putain.

— Oui.

— Non seulement tu aimes à faire jouir un homme, mais tu aimes être à ses pieds, à son ordre, quelque chose comme son esclave ?

— Sa putain.

— C'est moins qu'une esclave ?

— Oui. Les esclaves, on les viole ; mais moi...

— Et une chose qui t'excite dans les bras d'un homme, c'est...

— C'est de me dire que je suis la dernière des salopes ; qu'il n'y a pas de plus bas métier pour une fille que d'offrir son trou du cul et sa bouche à tout

ce que les hommes veulent en faire. Oui, je te l'ai dit malgré moi tout à l'heure ; mais, je t'en supplie à genoux, dis-moi que j'ai raison ! Comprends donc que je tuerais si cela ne m'excitait pas un peu ! Et, au lieu de me consoler, injurie-moi. Allons... Voyons... »

Elle souriait sans insister sur le tragique de ses dernières phrases. Elle souriait de plus en plus. Elle avait l'air de jouer.

« Sois gentil. Fais que je l'aime, mon métier de putain. Je ne me branle plus, tu vois, je suis calme, j'ai fini de jouir. Mais maintenant que tu sais mes goûts, je te le répète. Traite-moi de salope, de vache et de garce. Dis que je me fais enculer comme une fille de bordel, comme une bohémienne derrière sa roulotte. Appelle-moi putain, allons ? Dis putain, putain, putain. Quel homme entêté ! il ne dira rien ! »

Toujours souriante, et pour me défier par une taquinerie impatiente, elle insista :

« Et dans ma bouche ? dis-le, ce que tu feras dans ma putain de bouche. Tu peux le faire... J'en ai envie... Je voudrais être traitée comme ça par un homme que j'aime... et que tu m'en remplisses la bouche... Dis-le, ce que je te demande. Tu me... ? Tu me... ? Mais tu es une mule ! »

Je lui répondis simplement :

« Si tu continuais ton histoire ?

— Ah ! maintenant que tu sais tout sur mon caractère ! dit-elle en riant. Et puis flûte ! tant pis ! je me fous de moi. Je suis toute nue, je ne te cache rien. »

VII

« Où en étions-nous ? fit-elle. Je ne sais plus. Je me sens autrement que d'habitude. Qu'est-ce que tu m'as fait boire ?

— Mais rien.

— Tu dis rien ? quand j'ai bu ton foutre par la bouche et par le cul ? Je suis saoule. Dis-moi où j'en étais de mon histoire.

— Tu me disais qu'à treize ans tu jouissais comme une femme et qu'avec ta motte rasée tu faisais...

— Des gousses ! des gousses ! Oui, et ça m'éreintait parce que je ne savais pas me retenir. Je me rappelle une dame qui n'était pas belle, mais qui avait un coup de langue... ah ! la vache ! Elle m'écartait à cheval au-dessus de sa figure pour ne pas en perdre une goutte... Elle me faisait jouir trois fois de suite et chaque fois elle me tirait plus de foutre que je n'en avais dans le corps. A la troisième fois je tremblais sur mes jambes comme si elle suçait mon sang.

« Et d'ailleurs j'avais des gousses de toutes sortes : une jeune fille anglaise, qui ne se déshabillait pas et qui se branlait en me donnant des baisers d'amour sur la fente ! une grosse femme qui se faisait gousser sur le dos et dissimulait sa première jouissance afin de jouir deux coups pour le même prix ! une môme de quatorze ans qui ne savait pas encore décharger et que son ami nous a fait travailler pendant une heure, à maman et à moi, et comme elle avait le chat couvert de salive, elle lui a fait croire qu'elle mouillait ! enfin une tribade, comme on dit, qui s'habillait en homme et qui m'enculait avec un godmiché pendant que maman l'enculait avec un autre.

« Et j'étais toujours pucelle ! Il paraît que ça ne gênait personne. Maman le dit souvent que pour les putains ça ne sert à rien d'avoir un con. »

Charlotte rit elle-même de sa phrase. Son rire était si franc qu'il me fit sourire, bien que la maxime fût absurde ; mais elle prit ce sourire pour une approbation, et, se vautrant sur le lit les bras étendus, les cuisses en l'air :

« Ah ! que je suis contente, fit-elle, de me montrer telle que je suis et de tout dire, toute la nuit ! A chaque saloperie qui sort de ma bouche, il me semble que je suis plus propre, que je fais ma toilette...

— Ceux qui ont inventé la confession le savaient bien.

— Mais aussi... (et elle rit encore)... à chaque saloperie que je te dis, j'ai envie d'en faire une autre.

— Ceux qui désapprouvent la confession prétendent que tu as raison.

— J'avais une copine que sa mère forçait de se confesser tous les samedis. La pauvre gosse n'a jamais pu se confesser sans se branler et elle se dépêchait vite de décharger avant de recevoir l'absolution. Sinon elle était tellement excitée par ce qu'elle venait de dire, qu'elle allait se faire baiser en sortant de l'église.

— Charlotte ! tes mains sur la table ! comme on dit aux écolières.

— Mais c'est que moi aussi j'ai encore envie...

— Je t'assure que tu es folle. Retiens-toi un quart d'heure.

— Tant pis pour toi ! soupira-t-elle. Tu sais ce que tu risques d'entendre. »

Et les mains sous la nuque, les jambes croisées, elle continua :

« A propos d'église. Au fait, je ne te l'ai pas dit, mais tu le devines bien : j'avais quatre fois plus d'enculeurs à

treize ans qu'à dix. A cet âge-là j'avais « le trou du cul solide », comme dit Ricette, et maman ne me rationnait plus les coups de queue comme auparavant.

« Je dois tout à maman, même le caractère que tu me vois et je n'avais que treize ans quand elle me l'a donné. Il paraît que je pleurais trop ; ça m'abîmait les yeux ; et puis ça inquiétait maman ; elle avait peur que je me fiche par la fenêtre. Alors elle m'a appris... »

Charlotte s'interrompit et changea de posture :

« Elle est épatante, maman. En huit jours elle m'a fait un caractère nouveau comme elle m'aurait fait une nouvelle robe.

« Pendant une semaine, elle a couché seule avec moi, ne recevant les michés que dans l'après-midi. Elle m'a dit que j'étais assez grande pour tout savoir puisque je déchargeais comme une femme ; et qu'à mon âge c'était ridicule de n'avoir pas d'instincts vicieux ; et qu'elle voulait me donner au moins un vice, mais qui me servirait toute ma vie.

« Comment s'y est-elle prise ? Elle jouait avec moi (on est si gosse, à treize ans !). Elle me branlait en me traitant de tous les noms que tu ne donnerais pas aux raccrocheuses de matelots qui pissent dans la main d'un homme pour un sou. Et comme mon plus grand plaisir était de me faire branler par maman, les mots qui me dégoûtaient ont fini par m'exciter. Les mots et les choses. Je ne t'en dis pas plus ; mais tu ne perds rien pour attendre. Je recommencerai tout à l'heure.

« Donc, à propos d'église... (nous en sommes loin !), un de mes amants eut cette année-là une fantaisie : celle de m'enculer dans une église de campagne. Devines-tu pourquoi ?

— Parce que tu étais pieuse ?

— Justement. Il a su que je faisais tous les jours une prière à la Sainte Vierge et que j'entrais souvent à

l'église comme ça, pour rien, pour dire une petite prière. Alors, il m'a proposé... Et, toute pieuse que j'étais, j'ai dit oui tout de suite. C'est qu'aussi... »

Elle rêva un instant.

« C'est qu'aussi mes prières, tu sais... Je lui disais tout, à la Sainte Vierge, comme à toi. »

Je ne pus m'empêcher de sourire à cette phrase.

« Alors, poursuivit-elle, la Sainte-Vierge savait bien que je me faisais enculer depuis l'âge de huit ans puisque je lui demandais tous les jours de me protéger par là comme par la bouche, de choisir mes amants, mes gousses et de me faire jouir autant, aussi fort que possible. Aussi j'ai pensé que ça ne l'étonnerait pas, la Sainte Vierge, si elle me voyait. Un petit vicaire à qui j'ai raconté ça un soir dans mon lit m'a dit que j'avais fait ce jour-là un sacrilège épouvantable. Je ne m'en doutais guère.

« C'est même une des journées les plus gaies de ma vie. Nous sommes partis seuls en auto. Mon ami était assez jeune. En arrivant au village où il était connu, il s'est fait remettre les clefs de l'église par le bedeau, sous prétexte de montrer le monument à une jeune fille. J'avais l'air sage comme une pensionnaire. Et je n'ai guère changé, d'ailleurs. Regarde-moi. Est-ce que j'ai une tête de putain ?

— Oh ! pas du tout !

— Maman le dit toujours : « Charlotte trouverait plutôt un mari que de se faire raccrocher en tramway ! » Et depuis une heure que je te demande de me traiter comme une salope, tu ne peux pas.

— Non, mademoiselle. Continuez l'histoire de vos dévotions dans cette église de campagne. Vos cheveux noirs sont les plus longs et les plus beaux du monde. Vous avez l'air d'une Madeleine.

— C'est la première fois que tu m'appelles putain ! » fit-elle en riant.

Mais je la ramenai à son récit.

« Donc, vous entrez tous deux avec les clefs de l'église. Je pense que vous fermez la porte à l'intérieur ?

— Oui. Et nous avons fait ensuite toute une scène, tant nous étions gais. Je me suis agenouillée dans la chapelle de la Vierge. Il est venu à moi : « Vous priez, mademoiselle ? — Non, monsieur, je me branle. — Et pourquoi vous branlez-vous ? — Parce que mon bouton me démange et autre chose itou que je n'ose vous dire. — Pourquoi tout cela vous démange-t-il ? — Parce que je ne peux pas me mettre à genoux sans avoir envie qu'on m'encule. » J'étais gosse ! on m'aurait fait jouer du matin au soir. Il s'est mis derrière moi ; mais les prie-Dieu d'église sont mal compris pour enculer les petites filles.

— Tu as des mots, Charlotte.

— J'avais le trou du cul trop bas. Je me suis mise alors sur une marche de l'autel où je me trouvais juste à la hauteur.

— Les marches d'autel sont mieux comprises pour enculer les petites filles ?

— Oh ! on dirait qu'elles sont faites pour ça ! Nous étions si bien en place qu'aussitôt enculée j'ai eu envie de jouir, et j'ai tant déchargé, mais tant ! que j'ai remercié la Sainte Vierge, croyant que je lui devais mon plaisir.

« Après ça, qu'est-ce que j'allais faire du foutre que j'avais dans le cul ? Il n'y a pas de bidets dans les églises et les bénitiers sont trop hauts. C'est mal placé, vraiment, ces cuvettes-là. En soulevant au hasard le couvercle d'un prie-Dieu, j'ai trouvé un mouchoir neuf, qu'une vieille dévote avait mis là pour pleurer ses péchés le dimanche suivant. Au lieu de larmes, il a reçu

mon foutre, son mouchoir et je me suis proprement torché le derrière avec. Aimerais-tu ça, de m'enculer dans une église, toi ? Je recommencerai si tu veux. »

Charlotte s'agitait. Elle remuait les jambes et devenait très rouge.

La brutalité de ses deux dernières phrases me fit comprendre qu'une nouvelle crise était proche. Le ton de son récit changea brusquement, comme son visage. Apre, douloureuse, un peu haletante, elle reprit.

« Crois-tu que cela ne m'arrivait pas souvent de jouir pendant qu'on me fourrait une queue dans le derrière ? Tous les jours ; même avec les vieux. Et c'est grâce à maman, à elle toute seule.

« Pour mieux m'entraîner, elle s'est mise à faire du chiqué devant moi. Je m'y laissais prendre comme les hommes et je faisais comme elle mais de tout mon cœur. A treize, à quatorze ans déjà, je pouvais jouir par le cul, sans me toucher. Et plus on me limait, plus j'avais de plaisir.

« A quinze ans, j'étais toujours pucelle. Maman continuait de me raser la motte et le con, mais elle laissait pousser les poils que j'ai dans la raie des fesses. Rien ne faisait tant bander les hommes que de me voir par-devant une moniche de gosse et par-derrière un trou du cul d'enculée, avec les poils noirs autour, où tout le monde fourrait sa langue, ses doigts, sa queue et ce qu'on voulait.

« Le mardi gras on m'a fait faire un costume d'arlequin, avec un losange qu'on pouvait relever au milieu du cul pour que je ne me déshabille pas. J'ai soupé avec sept hommes et une femme nommée Fernande, qui était à poil. Maman était là aussi. A cause de mon dernier pucelage, elle ne me laissait pas souper seule. Les sept

hommes ont parié qu'ils m'enculeraient chacun trois fois et que j'aurais assez de foutre dans le derrière pour emplir une coupe de champagne ; et Fernande a parié de la boire, cette coupe-là, si on tenait le pari.

« Maman a répondu tout de suite qu'elle en avait fait autant à mon âge, que j'étais assez grande pour soutenir ça et qu'elle se chargeait bien de faire bander chaque homme trois fois s'il y en avait un qui flanchait.

« Moi, je n'avais jamais été enculée plus de treize fois par jour ; mais j'étais grise, j'étais excitée, et puisque maman le voulait bien, j'ai dit : « Chiche ! » en levant mon petit losange pour ouvrir mon trou du cul.

« Ça n'a l'air de rien ; mais vingt et une enculades ça dure de une heure à quatre heures du matin ».

Charlotte, de plus en plus agitée, m'enjamba, se coucha sur moi et me dit avec une sorte de triomphe :

« Hein ! tu ne veux pas me traiter de salope ! et je...

— Non. Tais-toi ! »

Elle était dans un tel état d'exaltation qu'il fallait de toute nécessité la satisfaire ; mais, pour cela, j'aimais mieux ne pas entendre son nouvel accès de frénésie.

Pendant les quelques secondes où elle fut occupée à me faire pénétrer en elle, je pus lui maintenir ma main sur la bouche ; mais dès qu'elle se sentit accouplée solidement elle se délivra du bâillon, et ne cessa plus de frémir.

Charlotte m'enjamba.

Elle ne me toucha d'abord que des cuisses, puis frotta sur mon sexe les poils de sa vulve et se trémoussa le torse en creusant les reins pour éloigner son visage. Et elle ne cessa plus de frémir.

De la tête au ventre et jusqu'au bout des doigts, elle tremblait.

Lentement, elle devint de plus en plus belle.

« La première série de sept va vite ; la seconde est

lente ; la troisième n'en finit pas. Ce qui m'a le plus éreintée, c'est que j'étais dans un cabinet de restaurant où il n'y avait même pas de canapé. Trois heures la pine au cul sur le parquet ou sur la table, il y a de quoi tomber en faiblesse.

« Enfin, j'ai gagné le pari et Fernande l'a gagné aussi... Je lui ai... rempli jusqu'aux bords... Oh ! je te le dirai jusqu'à ce que tu cries ! Voilà ce que j'ai fait à quinze ans ! Je me suis fait enculer vingt et une fois de suite et j'ai empli de foutre une coupe de champagne et je l'ai donné à boire et je l'aurais bu... Mais qu'est-ce qu'il te faut donc que je t'avoue pour que tu m'appelles salope ? »

Elle retomba sur le lit, aussi faible et brisée que si elle venait de revivre son récit. Je crus qu'elle s'apaisait. Je répondis à voix basse :

« Rien. Tais-toi. Dors. Je vais éteindre. »

Alors elle se souleva sur un coude et reprit, mais d'un ton si calme que je la laissai parler. Je ne soupçonnais pas ce que j'allais entendre.

« Connais-tu M... (elle me le nomma) qui est... (elle me dit son titre) à Aix ? L'avant-dernière année, j'avais dix-huit ans. Il m'a prise pour la première fois un soir de juin. Je le voyais vicieux. Il avait un grand chien avec lui. Je lui ai proposé de sucer le chien.

— Charlotte !

— C'est mauvais, du foutre de chien et c'est fatigant à sucer parce qu'ils n'en finissent pas de décharger, les pauvres cabots ! mais j'étais habituée, va ! et dans le métier de putain un lévrier vous dégoûte moins qu'un magistrat. Malheureusement cet homme-là n'avait jamais vu son chien sucé par une fille et ça l'a tellement excité que, pendant quinze dimanches de suite, jusqu'à la fin de septembre... »

Elle s'interrompit en secouant la tête avec un soupir comme si elle perdait le souffle.

« Je te demande pardon... Écoute... Tu ne peux pas te figurer... Il avait une maison de campagne avec une basse-cour... Le dimanche il donnait congé à ses gens..., même au jardinier... Il m'emmenait... Je restais seule avec lui... toujours à poil et mes cheveux sur le dos... C'était en été... Pour quoi faire ? l'amour ? ah ! non ! pas avec une putain ! Il s'amusait le dimanche à voir une fille de dix-huit ans avaler le foutre de tous les animaux.

« En quelques jours un charpentier lui a dressé un cadre en bois de chêne comme ceux où l'on enferme les vaches et les juments pour la saillie. Mais lui, au lieu d'y mettre la femelle, il y attachait le mâle et, quand l'étalon ou le taureau était ligoté, je passais dessous... Pour les chevaux je n'avais pas la bouche assez grande, mais avec la langue et les mains... »

Elle me vit pâlir et, obéissant encore à cette révolution astrale de son caractère qui, autour du mot « putain », passait régulièrement de la région plaintive à la zone exaltée, elle s'anima de phrase en phrase.

« Tu le sais bien que j'ai bu du foutre de cheval et du foutre d'âne, du foutre de taureau, du foutre de chien, du foutre de cochon. Au quatrième dimanche il m'a donné un bol où il avait branlé un animal ! et j'ai bu ! et j'ai su dire que c'était du foutre d'âne. Je connais mieux les foutres que les vins. J'ai vidé plus de couilles que de bouteilles dans ma putain de vie.

« Et c'est rien que tout ça, même du foutre de cheval, pourvu qu'on n'avale pas de travers. On se met la tête par-dessus, tu comprends ? entre le poitrail et le membre. Comme ça on reçoit la douche sur le palais, pas dans la gorge, et on ne s'étrangle pas. J'avalais tout. Après, tu peux me croire, je n'avais plus soif.

— Je t'en prie, tais-toi ! Cette histoire est pire que tout !

— Oh ! non ! ce qu'il y a de pire, c'est le foutre de bouc ! Je suis pourtant courageuse quand je me branle, mais... ah ! quelle infection que ce foutre-là. J'ai failli dégueuler, il a fallu que je crache. Alors, quand mon amant... je veux dire mon miché... a vu que le premier jour ça me rendait malade, il a voulu que son bouc serve tout de même à quelque chose et pendant quatre ou cinq dimanches, après que j'avais sucé l'âne, le taureau, le porc et les chiens, il me faisait monter par le bouc, moi toute nue à quatre pattes dans l'herbe du jardin... Tu ne veux pas m'appeler salope ? mais j'ai joui, tu m'écoutes ? j'ai joui pendant que le bouc m'enculait.

« Et j'ai fini par en boire... du foutre de bouc, les derniers dimanches. Écoute-moi... Regarde-moi... Je l'ai bu cinq fois, le foutre du bouc ! Pour me récompenser, son maître m'a acheté un singe qui m'enculait aussi et que je suçais comme un homme. Du 20 août à la fin de septembre, ce que j'ai pu faire, tu ne le croirais pas !

« C'est alors qu'il s'est fatigué de me voir sucer le membre des mâles et qu'il a imaginé de me faire gousser les femelles. Il en avait trois : une chèvre, une génisse et une ânesse. Je leur faisais minette à genoux. Aussitôt après, il enfilait celle que j'avais léchée et il déchargeait, disant qu'il aimait mieux jouir avec une bête que de donner son foutre à une putain comme moi, mais que je pouvais le chercher avec ma langue, son foutre, dans le con de la génisse ou de l'ânesse... ou dans leurs trous du cul quand il les enculait.

— Tu délires ! tu rêves ! tu inventes !

— Sur la tête de maman, je te jure que c'est vrai ! Veux-tu la preuve ? Fais-le devant moi et je te dirai d'avance comment ça se passe. Tu sais que tu n'en sais rien. Est-ce que je le saurais, moi, si je ne l'avais pas fait

cinq dimanches de suite ? Dans le con de la bête, le foutre s'enfonce, il faut le repêcher avec le doigt ; mais par le cul il sort tout seul. La langue suffit !...

— Charlotte, je ne peux plus. Assez ! Assez !... Ne me dis plus rien ! Dors ! Couche-toi. Calme-toi !... Je ne sais comment te parler... Tu es folle, tu es belle, tu m'aimes, tu ne baises pas... Tu m'aimes et tu fais plus d'efforts pour me répugner que tu n'en ferais pour séduire personne...

— Jamais tu ne mettras plus ta bouche sur ma bouche.

— Non.

— Dis que je suis une salope.

— Non, parce que tu es belle. Roule ta beauté dans l'ordure, ce sera toujours ta beauté.

— Crie que je suis une salope quand même.

— Tu es une pauvre fille ! lui dis-je. Quoi que tu hurles contre toi, je ne crois rien, je n'entends presque rien. Tu ne m'inspires que deux instincts : du désir malgré toi ; et beaucoup, beaucoup de pitié. »

Deux instincts ? J'en éprouvais trois. Le plus faible était le désir ; le plus lourd, celui que je taisais. Ne croyez pas que ce fût le dégoût. Charlotte me donnait tant de pitié que j'en avais de reste pour couvrir de ce manteau sa vie tout entière, sa vie inconnue. Mais mon instinct le plus fort, c'était le sommeil.

Les émotions bouleversées que nous laissent les heures tragiques éblouissent nos cerveaux, nos cœurs, nos mémoires. Shakespeare seul, je crois, a écrit le mot « sleepy » après une scène effroyable. C'est le mot suprême. J'avais envie de dormir. De dormir. De ne pas rêver. De reculer même les songes. De dormir comme un mort.

« Je ferai tout. Je te défie de trouver quelque chose que je ne fasse pas avec toi, pour toi, sous toi. Ordonne-moi ; tu verras comme j'obéirai ! »

Elle tremblait de la tête aux pieds. Sa manie ne m'effrayait plus parce qu'elle avait cessé d'être mystérieuse ; et ce qui me frappa tout d'abord, c'est que Charlotte devenait de plus en plus belle à mesure que son délire augmentait.

Très grave, prenant même une expression tragique, et se tenant écartée de mon visage, pour témoigner qu'elle n'était pas digne d'un baiser, elle cessa pour un temps d'imaginer tout ce que je ne lui demandais pas ou de me laisser entendre ce qu'elle pourrait faire et (j'ai déjà dit quel instinct logique ont les esprits simples) elle reprit son élan sur la réalité.

« Tu m'encules, dit-elle. Tu m'encules pour mon plaisir, mais c'est mon métier. Une fille qui gagne sa vie avec son trou du cul, voilà ce que je suis. Qu'est-ce que c'est qu'une salope, si ce n'est pas moi ? J'ai vingt ans, je viens chez toi sans te connaître, je me mets à poil, je me branle, j'ouvre mes fesses et je te dis : « Encule-moi ! » Et tu m'encules trois fois comme une putain que je suis ! Et plus tu m'encules, plus je t'aime ! »

Sur ce mot, elle retomba contre moi, la bouche à mon épaule, et prit un accent plaintif.

« Je t'en supplie... Tu vois, je ne me touche pas et je vais jouir. Mais, pendant que tu bandes dans mon cul, dis-moi... ce que tu feras tout à l'heure... dans ma bouche... je t'en supplie ! dis-le-moi quand je déchargerai... Dis-moi : « Salope ! je te... je te... » Et je te répondrai : « Oui ! oh ! oui ! »

Puis, comme si cette idée même ne suffisait plus à son exaltation, elle s'écria presque en pleurant :

« Non, je t'aime maintenant... Ce ne sera pas assez... Tu me le feras d'abord ! tu me le feras cette nuit ! Pour oublier les autres, je veux que tu me le fasses. Mais ensuite... demain... tu me montreras que je suis la dernière des putains. Tu ramèneras ici une de tes amies ;

tu la baiseras devant moi sans même regarder si je me branle ou si je pleure...

— Tu crois ça ?

— Et quand tu l'auras enculée, c'est elle qui me...

— Tu ne diras plus un mot ! criai-je, la main sur sa bouche.

— Je jouis ! je jouis ! » fit-elle entre mes doigts.

Cette fois, Charlotte, en jouissant, poussa des cris d'assassinée, qui m'épouvantèrent ; puis elle tomba dans une torpeur soudaine et si profonde qu'elle s'endormit sur la place.

Pâle comme le jeune homme du *Rideau cramoisi*, je cherchais à l'éveiller de cet évanouissement, quand j'entendis frapper trois petits coups à la porte d'entrée.

J'allai ouvrir et je vis Teresa en chemise :

« Tu la coupes en morceaux ? » fit-elle avec un visage de jeune maquerelle en bonne humeur qui me choqua, me rassura, me laissa muet.

Je la conduisis dans la chambre et lui montrai le corps de sa fille. Du premier coup d'œil elle vit les petits tremblements qui agitaient la hanche comme le flanc d'un cheval et sans inquiétude aucune elle revint avec moi dans la pièce voisine en fermant la porte.

« Qu'est-ce qu'elle a ? dis-je.

— Puceau ! répondit Teresa.

— Ça c'est raide, par exemple ! J'ai vingt ans, je suis à un âge où on se laisse intimider par toutes les femmes qu'on ne connaît pas... J'ai eu depuis douze heures une femme inconnue, deux jeunes filles et une gosse, je n'en ai pas raté une...

— Non, mais penses-tu qu'on nous rate ? dit Teresa toute joviale.

— J'ai tiré six coups...

— Alors... Ça fait trois avec Charlotte. Et tu me

demandes ce qu'elle a ?... Ne prends pas cet air stupéfait comme si tu allais me dire : « Je pense qu'il lui en faut davantage. »

— Merci de m'avoir soufflé.

— Je t'ai envoyé Charlotte, la dernière de mes filles, parce que c'est une compagne idéale pour les hommes fatigués.

— Merci encore.

— Tu venais d'avoir trois odalisques. Je me suis dit : « Cette bonne Charlotte le sucera : ils causeront pendant une heure et ils dormiront ensuite. » Charlotte est la douceur même. Elle est née pour dormir à côté d'un homme.

— Ah ! ça ! mais tu es aussi folle qu'elle ! car elle est folle, ta fille, folle à lier. Avec son air candide et las, elle est nymphomane, elle est onaniste, elle est masochiste à un point inouï, elle est tout ce qu'on veut en « iste » et en « mane »...

— Elle est tout ce qu'on veut comme tu dis ! fit Teresa qui se montait. On la moule comme de la pâte. Si elle est toquée cette nuit, c'est toi qui l'as rendue toquée. Est-ce que j'ai joui dans ton lit ? est-ce que je pouvais deviner qu'en donnant mes restes à ma fille, tu allais me la foutre en chaleur ? »

D'un sourire elle adoucit la violence de ses paroles et rentra dans la chambre à coucher.

Ôtant sa chemise qu'elle jeta sur un fauteuil, elle se coucha nue auprès de Charlotte, la prit dans ses bras, l'éveilla, et dès ses premiers mots je compris qu'elle savait mieux que moi ce qu'il fallait lui dire.

Charlotte ouvrit des yeux égarés. Sa mère la secoua des deux mains et lui dit avec une brusquerie aimante :

« Qu'est-ce que tu fous là, petit chameau ?

— Maman ! fit Charlotte, les bras au cou, et avec une voix d'enfant.

— Crois-tu que tu peux m'embrasser avec cette bouche de putain ? Qu'est-ce que tu viens de faire ? ta langue sent le foutre.

— J'en ai bu ! dit Charlotte en faisant les doux yeux.

— Saloperie que tu es ! Pourquoi ne couches-tu pas chez ta mère ? Pourquoi est-ce que je te trouve à poil à trois heures du matin dans le lit d'un jeune homme que tu ne connais pas ? Qu'est-ce que tu mérites ? »

Assis au pied du lit, j'écoutais ce dialogue avec une sorte d'ahurissement.

Faut-il rappeler ici que j'avais vingt ans et Charlotte aussi. Qu'une jeune fille de vingt ans domine comme il lui plaît un jeune homme de son âge ? Et sous mes yeux je voyais gronder Charlotte comme une petite fille !... Et cette Charlotte, qui luttait dans mes bras quand je la traitais en femme, trouvait tout naturel que sa mère lui parlât comme à une enfant de sept ans ?

Teresa me jeta un regard qui signifiait : « Veuillez garder le silence ! » ou peut-être : « Fous-moi la paix ! » Le vocabulaire des regards est assez incertain. Puis elle reprit : « Qu'est-ce que tu es venue foutre ici ? réponds ?

— Je suis venue me faire enculer, soupira Charlotte.

— Et il a bien voulu enculer une putain comme toi ?

— Il ne veut pas que je sois une putain, dit-elle vivement, les yeux fermés. La première fois il m'a enculée pendant que je me branlais, il a joui dans mon cul. La seconde fois, j'ai déchargé plus vite que lui ; alors j'ai retiré la pine de mon cul, je l'ai mise dans ma bouche...

— Quelle salope !

— Oh ! pas assez ! fit Charlotte avec une torsion du corps qui m'effraya. Je lui ai demandé de me... (et elle parla si bas que je n'entendis rien). Et quand il m'a enculée la troisième fois je ne me touchais pas, j'étais

excitée, j'avais envie de jouir par le cul et je voulais qu'il me dise ça quand je déchargerais.

— Tu n'as pas honte ?

— Si, j'ai honte. Mais j'ai envie qu'il me le fasse. Et il est plus vache que moi ; il n'a jamais voulu ni le faire, ni le dire, ni rien ! rien ! rien ! »

Alors, comme une infirmière ou une religieuse parle au chevet d'une malade qui n'entend pas, Teresa me dit tout haut et sans aucun étonnement :

« Elle a encore besoin qu'on la branle. »

Toute nue, la mère de Charlotte se leva, sortit, entra chez elle et revint aussitôt portant un objet enveloppé de papier.

Puis, avec l'autorité d'une belle-mère qui soigne sa fille devant son gendre, elle dit :

« Laisse-moi faire maintenant. On ne te demande rien. Tu as tiré six coups ; repose-toi et reste au pied du lit. »

Teresa ne m'avait pas inutilement prévenu ; car le dialogue se haussa d'un ton dès les premiers mots.

De sa voix tremblante et plaintive que je n'entendais plus sans frisson, Charlotte gémit en se tirant les chairs :

« Regarde, maman, ce qui me sort par le trou du cul. J'ai la raie des fesses pleine de foutre, et il ne veut pas dire que je suis une putain.

— C'est que tu n'en as pas fait assez.

— Mais c'est lui ! Moi, je ferais tout.

— Il ne sait pas que tu es la dernière des salopes.

— Oh ! tu me le dis et tu me branles... Il n'y a que toi qui me comprennes, maman ! Il n'y a que toi ! »

Tout ce qui précédait m'avait fait croire que Teresa entendait branler sa fille pour la soulager ; mais je n'étais pas si novice que l'Italienne le voulait dire, et,

sans rien laisser paraître de ma surprise, je vis à n'en pas douter que tout au contraire elle ne masturbait la pauvre Charlotte que pour la remettre en folie. Les jeunes filles m'ont déjà compris. Expliquons à d'autres lecteurs qu'au lieu de hâter le spasme elle le retardait indéfiniment, en le faisant espérer d'un instant à l'autre.

Et cette manœuvre m'étonna plus que toute la scène précédente ; si bien que je ne compris plus rien à ce qui se passait et que je devins curieux de savoir où Teresa voulait en venir.

« Montre-lui, disait Charlotte en haletant, montre-lui que je suis la dernière des salopes. Tu me l'as dit que j'ai une bouche de putain et que ma langue sent le foutre. Dis-moi de la lui fourrer dans le derrière, ma langue ! ou à toi devant lui, puisqu'il ne veut pas ! mais toute ma langue ! toute ma langue dans le trou !

— Tu serais contente ?

— Oh ! oui !... Et autre chose... Je voudrais qu'il t'aime devant moi et puis qu'il me marche dessus. Tu serais sa maîtresse et moi sa putain. Pourtant tu le vois si j'ai envie de sa queue ! mais je te mettrais moi-même sa queue dans le corps, je lui lécherais les couilles pendant qu'il t'enculerait et ensuite je ferais... je ferais les deux choses.

— Dis ce que tu ferais, dis-le tout haut.

— Je lui sucerais la queue après sans l'essuyer et tu me chieras dans la bouche le foutre que tu aurais dans le cul !... Oh ! maman !... Oh ! maman ! pourquoi est-ce que je ne jouis pas ? »

Je savais bien pourquoi, et la scène devint claire quand, d'un mouvement spontané, Charlotte se jeta la tête entre les cuisses de Teresa comme pour y chercher la source de sa propre volupté. Le mouvement était prévu, c'était évident.

« Moi, d'abord ?

— Oui, tout de suite !

— Et ça, que j'avais apporté pour toi ! »

Elle développa de son panier l'objet qu'elle avait pris chez elle : c'était un godmiché assez gros usé déteint.

Charlotte rit ; cet incident arrêtait une minute sa crise de nerfs ; elle se coucha devant moi, pour me dire..., mais sur un tout autre ton, avec nature et gaieté, comme si c'était la chose la plus simple du monde :

« Encule maman. »

Teresa ne protesta point.

« Encule maman, répéta Charlotte. Je lui ferai minette en même temps. Je te sucerai la queue après. J'aurai son foutre. J'aurai le tien. Je serai la plus heureuse des trois. »

Comme elle attendait ma réponse, Teresa éclata de rire et dit à sa fille :

« Regarde-moi ce grand gosse qui croise les jambes parce qu'il a tiré six coups et qu'il ne bande plus ! »

Et je n'avais encore rien dit quand Teresa elle-même fut sur moi :

« Essaye de ne pas bander sous mon ventre ! Essaye donc de ne pas bander pour mon cul ! »

J'hésitais à lui dire que la scène précédente, au lieu de me tenter, m'avait refroidi. Et je fis bien de me taire, car ma lutteuse me défiait à bon escient. Teresa ne fit presque rien pour réveiller mes sens. Elle les attira « sous son ventre » comme elle disait ; mais avec une science du contact qui me parut merveilleuse.

Sitôt que je fus en état, Charlotte reparut au comble de l'excitation. Je lui aurais fait moitié moins de plaisir en la possédant elle-même qu'en prenant sa mère devant elle.

« Ma langue la première ! dit-elle. Tiens, regarde comme j'encule maman avec ma langue, regarde !... Et mets ta queue, maintenant, je lui ouvre les fesses... Ha !

ha ! je te disais tout à l'heure que je gagnais ma vie avec mon trou du cul ; mais non, je suis encore au-dessous de ça, je suis celle qu'on prend pour lécher le derrière et pour ouvrir les fesses de la femme qu'on encule, voilà ce que je suis ! »

Puis, comme Teresa se retrouvait sur moi en ouvrant les cuisses à la bouche de sa fille, Charlotte, de plus en plus nerveuse, lui dit :

« Tu parleras, maman ? tu parleras ? Lui, je le connais, il ne dira rien. Mais je ne pourrai pas. Alors toi..., toi, parle tout le temps ! Si tu te tais une seconde, je m'arrête et je me branle. »

Teresa devait être habituée à ce caprice de Charlotte, car elle ne cessa pas un instant de parler.

« Vite, ta langue ! et je te défends bien de te branler quand tu me fais minette. Et qu'est-ce qu'il te prend de m'attaquer le bouton comme ça ? Est-ce que tu veux me faire jouir en quinze secondes ? Est-ce que tu as un client qui t'attend derrière la porte et que tu n'as pas fini de sucer, dis, putain ? Ne te presse pas tant. Lèche-moi les babines. Tu reviendras au bouton quand je te le dirai. »

Elle me jeta un regard qui signifiait : « voilà comment il faut lui parler ! » et elle continua sans interruption :

« Quelle pourriture que cette Charlotte ! Il y a des enfants qu'on nourrit au sein, avec du lait, moi, je l'ai nourrie au cul, avec du foutre, et maintenant qu'elle a vingt ans elle me fourre encore sa langue dans le derrière. Comment une saloperie pareille a-t-elle pu sortir d'un chat comme le mien ?

« A qui ferait-on ce que je viens de te faire ? J'entre chez ton amant, je te le prends sous tes yeux, dans ton lit et, pendant qu'il me fait mouiller tu viens me lécher le cul ? mais tu es au-dessous des putains. Une raccrocheuse ne ferait pas ça.

« Ainsi tu es cocue ! et dès la première nuit ? Tu passes

tes journées à te branler devant tes sœurs en pleurant que c'est malheureux d'avoir tant de michés et de se finir toute seule. Cette nuit tu as trouvé une queue qui t'a fait jouir ! eh bien, regarde où elle est, cette queue-là, elle est dans mon cul jusqu'à la racine ; je ne t'en laisse que les couilles à lécher.

« Ta langue au bouton, maintenant, sale gousse ! mais pas si vite ! ralentis ! Il m'encule très bien, ton amant, et j'ai plus envie de jouir que lui... Qu'est-ce que tu as ? tu penses au foutre que je vais te pisser dans la bouche, cochonne ? et ça te fait trembler ? Si j'étais sur toi, tu verrais comme je te frotterais les poils sur le mufle pour t'apprendre à lécher un cul !... Va donc, va, tu l'auras, mon foutre... Ce n'est pas pour toi que je mouille, c'est pour la queue de ton amant qui me rend folle !... Plus fort, ta langue ! plus vite ! !... oui ! encore ! où tu es ! ah ! salope ! salope !... Ah ! il me branle les tétons pendant qu'il m'encule !... Et quelle putain que cette Charlotte quand elle a soif ! Est-ce toi qui lui caresses les couilles pour qu'il bande si dur jusqu'au fond ?... Ah ! petite chienne ! tu me fais jouir aussi. Tiens ! le voilà, mon foutre ! le voilà, mon foutre ! et barbouille-toi la gueule dedans, sale garce ! vache ! cochonne ! salope ! chameau ! putain ! »

Charlotte, ivre de ce qu'elle buvait, « se barbouilla la gueule dedans », selon la forte expression de sa mère, et ce qui suivit fut si rapide, et j'étais moi-même tellement égaré, que je ne pus rien empêcher avant de reprendre mes sens. Je voudrais avoir mal vu, mal entendu. Cela m'apparut comme une hallucination.

Après avoir perdu conscience, je rouvris les yeux et je vis d'abord Charlotte accroupie, tenant à la main... je n'ose plus terminer les phrases... Elle était triomphante ; elle était enragée ; elle criait à sa mère :

« Tu la vois ! tu la vois ! »

Et elle lécha ce qu'elle tenait ; je me souviens qu'elle le lécha de toute la longueur de sa langue avant de le sucer.

Puis elle cria plus fort en agitant ses cheveux :

« Son foutre, maman ! son foutre que tu as dans le cul ! Chie-le-moi dans la bouche devant lui pendant que je me branle et qu'il m'appelle salope quand je déchargerai !

— Devant lui ? fit Teresa.

— Oui ! oui ! devant lui ! plein ma bouche ! » dit Charlotte, les yeux hagards.

Une folle par amour est le personnage le plus tragique dont je puisse concevoir la vision. Quel est l'homme assez grossier pour ne pas frémir en lisant les chansons obscènes d'Ophélie ? Et quel autre homme ou quelle femme ne comprendrait pourquoi, au milieu de la scène suivante, en passant devant une glace je me vis blanc comme un linceul ?

J'essaye de rassembler mes souvenirs...

Teresa était plus inquiète de moi que de sa fille et, sans rien entendre à mes sentiments, elle me dit à voix basse :

« Allons, quoi ? t'as jamais vu ça ?... Eh bien ! maintenant tu diras que tu l'as vu... Non ? tu n'y tiens pas ? tu viens de jouir ?... Mais c'est pour elle, voyons ! et si elle te dégoûte, dis-le-lui, tu l'exciteras. »

L'exciter ! Mais elle était en pleine démence !

Debout, Charlotte s'était enfoncé le godmiché dans le derrière et elle l'agitait de la main gauche en se branlant de la droite par-devant, les cuisses écartées, le ventre en mouvement... comme une jeune fille aliénée se masturbe devant le visiteur inconnu qui ouvre la porte de son cabanon ; c'est-à-dire qu'elle se branlait directement vers moi, avec une expression mélangée d'impudence et de douleur.

J'avais vu à quinze ans... Je raconte cela pour retarder un peu la fin de cette horrible scène qui m'est pénible à écrire... J'avais vu, dans un jardin, une jeune fille se branler vers moi dans la même posture, mais gaiement et par moquerie, et je ne savais pas que c'est le geste des folles. Je le sais maintenant.

Charlotte, toujours debout et le doigt sous le ventre, ne disait plus que des ordures, d'une voix saccadée. Je les passe. Elle termina ainsi :

« Depuis deux heures j'en ai envie... Il ne veut pas... Ma bouche le dégoûte... Montre-lui, maman... Comme je m'y prendrais sous lui... Comme je sais bien... sans faire de taches... »

Lorsque j'entendis ces mots misérables : « Comme je sais bien... sans faire de taches... » Mais pourquoi souligner les mots d'une pareille scène ! Ceux-là m'ont paru les plus tristes de tous et Charlotte les disait pourtant avec une sorte de ferveur.

Elle entra dans la salle de bains, s'étendit nue sur le carrelage de céramique en se relevant sur un coude, la tête renversée, la bouche ouverte, et se masturba d'une main avec frénésie. Elle ne paraissait pas sentir le froid du sol.

Plus elle se branlait et plus elle prenait d'enthousiasme à s'avilir. Ce qu'elle dit alors, je l'ai noté jadis et je viens de déchirer la page que je n'avais pas le courage de relire jusqu'au bout. Il est deux choses que ma lectrice ne saurait se représenter, les paroles que je veux lui taire et la hâte que j'ai de finir ce chapitre.

Les scènes vraies sont plus difficiles à raconter que les inventions, parce que la logique de la vie est moins claire que celle d'un conte. Vous croyez qu'ici le point culminant dut être l'acte dont je fus témoin ? Pas du tout. Et je ne sais si je pourrai faire comprendre pourquoi.

D'abord je m'y attendais depuis un quart d'heure, et ce que j'imagine est en général plus intéressant que la réalité.

Ensuite il est juste de dire qu'en cette circonstance, le rôle le plus infâme, celui de Teresa, fut tenu avec une prodigieuse adresse féminine. Le rôle fut « sauvé ». C'est ce que, probablement, je ne saurai pas décrire.

Teresa avait un corps admirable ; je l'ai déjà dit. Elle était fille d'acrobates, ainsi que vous l'apprendrez bientôt. Elle s'y prit exactement comme un gymnaste qui répète un exercice avec sa partenaire, mais un exercice classique et elle me regardait d'un visage tranquille comme si son acte lui paraissait plus naturel que mon trouble...

Cinq minutes plus tard, j'étais seul.

VIII

Je dormis neuf heures et me réveillai avec un irrésistible désir de... Terminez la phrase si vous êtes jeune ou si vous vous souvenez de l'avoir été.

Les excès amoureux donnent plus d'entraînement que de lassitude et sont moins difficiles à recommencer le lendemain que la semaine suivante. Tout le monde sait cela. Je me sentais donc assez en forme. Pour parler comme le patriarche aimé de Ruth, ce fut un « matin triomphant » ; mais si triomphant qu'il fût je ne le trouvai point agréable, car un irrésistible désir de... Ne me comprenez-vous pas ? Si vous avez lu page à page les sept chapitres précédents, vous devinez ce qu'il me fallut à l'heure où commençait le huitième.

Baigné, rasé, coiffé, habillé, en un peu plus de temps

qu'il n'en faut pour l'écrire, mais aussi vite que possible, je me précipitai chez une des vingt amies intimes que je me connaissais au quartier Latin. Elle se trouvait seule par bonheur. Comme elle n'était vêtue que d'une chemise, elle eut plus tôt fait de l'enlever que moi de dénouer ma cravate. Tant que les jeunes femmes ont de jolis seins, les chemises leur pèsent.

Mais elle s'alarma de mon agitation.

« Qu'est-ce qui t'arrive ? Qu'est-ce qu'il y a ? Qu'est-ce que tu veux ?

— Ma petite Margot, j'ai envie de faire l'amour.

— Moi aussi. Alors !... avec des protections dans le gouvernement, on pourra peut-être coucher ensemble.

— Envie... mais à crier ! de faire l'amour par-devant, ma petite Margot ! par-devant !

— Par-devant ?... mais j'espère bien !

— Par ici, tu vois ? par ici. Tu as bien compris ? Pas par là.

— Il est complètement maboul », dit Margot d'un air égaré.

Elle se rassura peu à peu, tandis que son étreinte me donnait le soulagement que j'étais venu chercher dans ses bras : le délicieux verre d'eau fraîche qui désaltère de l'alcool. Encore hanté par l'obsession de mon aventure, je tâtais de la main, je ne pouvais pas croire que cette fois, enfin... mais la simple Margot ne s'était pas trompée. Jamais elle n'a su, depuis, tout le plaisir que j'avais pris d'elle.

Le soir, je rentrai seul, pourtant. J'avais quelque dessein d'écrire.

Comme j'achevais de me déshabiller, on frappa

vivement à ma porte. J'ouvris : c'était, à ma stupeur, Teresa, en peignoir rose, avec une fleur dans les cheveux.

Encore mal remis de ce que j'avais vu la veille, je la pris par le bras et, l'amenant jusqu'à ma chambre :

« Ah ! toi ! m'écriai-je, tu les entendras, les mots que je ne voulais pas dire à Charlotte ! C'est toi qui es la dernière des salopes ! la dernière des putains ! la... »

Elle éclata de rire ; et, avec le ton que prend une femme de trente-six ans parlant à un jeune homme de vingt ans, elle me dit :

« Ta bouche, mon petit ! on t'en foutra des aventures pour les remerciements qu'on en reçoit ! Tu encules mes trois filles, tu encules leur mère ; nous nous relayons à quatre pour te faire tirer sept coups, et le lendemain, quand tu me vois, tu cherches un nom d'oiseau, tu m'appelles putain ?

— C'est que...

— Je ne suis pas une toquée comme Charlotte, moi, je ne me branle pas devant ta queue et j'ai pas besoin que tu m'appelles putain pour que je décharge.

— Moi aussi...

— Et puis je le sais bien que je suis une putain, par le con, le cul et la bouche ! Et puis, je m'en fous ! Et puis... »

Que Teresa eût retenu ici, juste à temps et sur ses lèvres, la conclusion : « Et puis je t'emmerde ! » cela n'était pas douteux. Sa réticence me montra qu'elle était décidée à ne pas se faire mettre à la porte. Je repris l'offensive :

« Qu'est-ce que c'est que cette manie que vous avez de vous faire enculer toutes les quatre ? C'est toi qui as dressé tes filles et qui leur as donné ce goût-là ?

— Et à moi ? qui est-ce qui me l'a donné ? Tu ne t'es pas demandé ça, non ? Je ne l'ai pourtant pas inventé

que toutes les femmes ont deux trous dans le cul et qu'elles font l'amour aussi bien par-derrière que par-devant ? Tu sais qu'avant d'être une mère, mon petit, j'ai été une fille. »

Elle rit. Elle me parlait debout, une main sur la hanche. Avec son peignoir, sa tête brune et sa fleur, elle avait l'air de jouer Carmen.

« Fille de qui ? » dis-je, assis près d'elle.

Pas de réponse. Elle souriait en me regardant et mordait de ses dents blanches une mèche qu'elle tenait à la main. Je ne savais à quoi elle pensait. Les jeunes gens ne sont que trop disposés à croire que les femmes veulent sans cesse coucher avec eux. Même quand elles frappent chez eux à minuit, leurs desseins parfois ne sont pas si simples. Je répétai :

« Fille de qui ?

— Crapule ! tu seras content si je te dis : fille de putain ?

— Oui, je serai content », répondis-je pour l'exciter à parler.

Elle continua pourtant de me regarder avec le même sourire un peu agacé, puis se décida :

« Je suis née dans une famille d'acrobates italienne où il y avait quatre femmes : maman et ses trois sœurs plus jeunes qu'elle.

« Sois content : elles étaient un peu putains toutes les quatre et toutes très jolies ; mais beaucoup plus gousses que putains. Jamais je n'ai vu quatre garces enragées de se lécher le cul comme étaient maman et mes tantes. Dès qu'elles avaient une heure de liberté entre elles je les voyais se foutre à poil, et ça se dévorait le chat, et ça gueulait comme des putois et ça jutait si fort qu'il y en avait des mares sur les draps de lit.

« Quant aux hommes... Tu demandes pourquoi mes

filles ne baisent pas ! J'ai jamais vu baiser maman ni ses sœurs et je ne sais pas comment on m'a faite. Elles n'étaient pas putains comme moi, mais enfin de temps en temps il y en avait une qui ramenait un homme, et penses-tu qu'au cirque on peut être enceinte ? On avait l'embarras du choix pour les enculer. C'étaient quatre paires de fesses qui avalaient bien la queue. Mais par-devant, elles ne marchaient pas ; on appelait ça le côté des dames.

« Crois-tu qu'à sept ans j'avais jamais vu une femme faire l'amour autrement que par le trou du cul et que je ne savais pas ce que c'était que baiser ? Pourtant j'en avais vu, des scènes ! Comme maman et ses sœurs étaient acrobates et disloquées, chacune d'elles pouvait se bouffer le chat elle-même et surtout ce qu'elles faisaient souvent, c'était de se plier en deux pour aller sucer les couilles des hommes qui les enculaient. Ça valait cinquante francs ce truc-là, quelquefois. Ou un lapin. »

Sur ce mot, elle interrompit son histoire à peine commencée, ôta son peignoir et le jeta en disant :

« J'ai chaud. »

Cette fois, elle était venue sans chemise. Nue subitement, elle vint s'asseoir par défi au bout du traversin :

« Tu me dégoûtes ! dis-je en détournant les yeux.

— Ah ! ha ! ha ! mais regarde-toi donc ! tu bandes comme un cheval.

— C'est bien malin ! Quand tu te mets toute nue sur mon lit ! Est-ce que ça prouve que je t'aime ?

— Il y en a, fit-elle gaiement, qui vous disent « Je t'aime ! » avec une pine molle. Toi, tu me détestes, mais tu bandes. C'est plus agréable pour une femme. »

Je devins très rouge. La nudité de Teresa était en effet pour moi un spectacle irrésistible. Mais je me sentais honteux que mon état physique vînt rendre impossible

ou du moins ridicule le discours que je préparais mentalement depuis dix minutes ; et mon dépit fut tel que si l'Italienne s'était moquée de moi un instant davantage, mon désir involontaire ne m'eût pas empêché de crier ce que j'avais à lui dire.

Mais au lieu de railler mon désir elle se mit à l'exaspérer.

Elle croisa les mains derrière la nuque pour bien montrer qu'elle ne m'attaquait pas et aussi pour dresser les seins, pour déployer les aisselles noires.

Puis, les yeux mi-clos et d'une voix qui s'échauffait, elle eut une trouvaille, elle se dédaigna elle-même :

« Mes tétons ne bandent pas si bien, fit-elle.

— Tu ne sais pas ce que tu dis ! c'est ce que tu as de mieux. »

Devinant que je contredirais ses premières paroles, elle n'avait pas eu pour cela plus de peine à se faire flatter ; et elle insista, connaissant assez l'attrait de ses seins pour le mettre en cause :

« C'est ce qui te dégoûte le moins ? fit-elle en souriant. Drôle de forme pourtant ! regarde comme ils sont longs et larges. Ni en pomme, ni en poire, hein ? ce sont mes tétons. Et quels bouts ! Vois-tu que je me teigne un jour en blonde avec ces cocardes noires ? ces petits bonbons de réglisse ? ces bout de pines de négrillons ?... Ha ! ha ! ha !... sais-tu pourquoi mes tétons ne ressemblent à ceux de personne ? Ils sont mouchés parce que j'ai eu trois gosses ; mais ils sont pleins et ils se tiennent parce qu'au lieu de nourrir mes filles au sein, je les ai allaitées par le cul...

— Putain que tu es ! Ne me rap...

— Oui, ce sont des tétons de putain, dit-elle en m'interrompant avec volubilité. Et, devant ces tétons de putain, tu as envie de débander depuis un quart d'heure et tu ne peux pas ! Tu n'as pas encore baisé entre ces

tétons de putain ; mais tu y penses ! Je ne te les ai pas traînés sur les couilles, mes tétons de putain, mais tu devines ce que ça peut être. Et la dernière fois que tu as joui, quand j'avais ta queue dans le derrière, tu me les branlais des deux mains à la fois, est-ce vrai ? Et les sentais-tu ? Réponds ! Les sentais-tu bander, mes tétons de putain ?

— Tais-toi ! va-t'en ! je ne veux plus te voir ! je ne peux pas oublier ce que tu as fait ensuite ! »

Je mis la main sur mes yeux pour ne plus la regarder et je me renversai en travers du lit. Elle bondit sur moi.

C'était prévu ? Tout au contraire. C'était précisément ce que je n'avais pas prévu. Je ne me défiais ni de son désir ni de sa vigueur. En un instant j'éprouvai l'un et l'autre.

Ma surprise les yeux fermés, ma posture terrassée d'avance et surtout la crainte que j'avais de blesser Teresa au cours de la lutte, ces trois causes réunies me mirent knock-out avec une rapidité telle que je n'eus même pas le temps de me reconnaître.

« Tu vois comme c'est facile de violer un homme ! sourit Teresa.

— Putain ! répétai-je.

— Merci. »

Ce « merci » était une nouvelle trouvaille. La femme à qui j'avais vu faire... (mais je ne veux pas répéter ce que j'ai eu tant de peine à écrire en achevant le dernier chapitre)... cette femme eut le toupet de soupirer ce merci sur un ton qui signifiait : « Vous n'êtes pas un galant homme. » Et moi j'eus la naïveté de rougir, de couper court à mes injures, sans voir assez vite avec quelle prestesse elle avait renversé les rôles.

D'ailleurs, après ce mot douloureux qui accusait modestement l'atteinte faite à sa pudeur, Teresa conti-

nua de parler avec la même audace de mots. Elle était nerveuse, mais souriait.

« Ne te plains pas. Tu me baises. Tu me dépucelles. Le con d'une putain qu'on encule toujours, et qui ne s'est pas enfilé une queue depuis trois mois, tu sais comment ça s'appelle ? eh bien ! tu es dans mon pucelage Tu ne me diras plus que je ne baise jamais ? Le soir où je te viole, je te prends par le chat. Es-tu content ? »

Elle restait solidement accouplée à moi, mais immobile, et ne me laissait pas bouger. Une minute lui suffit pour être certaine qu'elle m'avait dompté par son contact et que je ne sortirais pas de sa chair.

« Ce que j'ai fait à Charlotte..., dit-elle.

— Non ! ne m'en parle pas maintenant !

— Au contraire ! je t'en parle quand tu bandes. J'ai eu tort de le faire quand tu venais de jouir pour la septième fois et que tu n'avais plus aucune envie de bander.

— Tu crois que si tu me le proposais maintenant... ? Mais c'est absurde ! Plus tu te rends désirable et plus cela me révolte que tu...

— Allons, calme-toi. Le plus grand service que j'aie rendu à mes filles, c'est de leur faire aimer le métier de putain. Charlotte est innocente comme une sainte. Je lui ai fait faire un costume de religieuse avec la guimpe et le chapelet : ça trompe tout le monde et il y a plus de cinquante hommes qui ont cru derrière sa jupe enculer une carmélite. Eh bien ! avoir une fille pareille et la dresser comme un chien savant à faire l'amour par le cul en ne se moulant la liquette que si on l'appelle salope, tu ne trouves pas que ça mérite un applaudissement ? et que, pour une fille d'acrobates, je saurais me débrouiller au cirque ?

— Tu es un monstre d'habileté ; mais tu l'as rendue folle, ta fille.

— Folle, parce qu'elle se branle du matin au soir sans se cacher ? Si elle était raisonnable, elle irait se branler dans les chiottes et se torcher le foutre au bout des poils avec du papier mousseline ? Tais-toi donc !... Elle était excitée la nuit dernière, c'est de ta faute, et quant à ce qui s'est passé... Quoi, enfin ? A-t-elle assez dit qu'elle voulait qu'on le lui fasse ? Alors est-ce que je l'ai violée ?

— Non, mais...

— Et si même je l'avais violée est-ce qu'elle en serait morte ? Je te viole, toi, en ce moment, je te viole, je me fais baiser de force. Es-tu à plaindre ? »

Pendant toute cette petite scène qui me sembla interminable, Teresa était restée vigoureusement immobile sur moi et moi en elle. Je pensais à tout autre chose qu'à lui répondre et, comme à sa dernière question je n'avais pas dit non tout de suite, elle se désaccoupla d'un bond aussi leste que celui sous lequel j'avais succombé. Puis elle recula nue jusqu'au fond de la pièce et rit de mon désir qu'elle avait changé en rut sans même commencer à le satisfaire.

« Pardon, je ne te violerai plus ! » dit-elle.

Cette fois, je bondis, moi aussi. Certain de n'avoir pas affaire à une faible femme, je la maîtrisai d'une main et lui donnai de toute ma force une douzaine de coups de poing sur l'épaule gauche, avec d'autant moins de scrupule qu'elle ne cessa pas de rire tant que dura cette correction.

Après, elle me regarda et, d'une voix joueuse, un peu essoufflée, qui la rajeunissait beaucoup, elle me dit :

« Tu es plus gentil quand tu deviens méchant. »

Et, du même ton plein de gaieté, elle ajouta :

« Monsieur bat les femmes ? Si Monsieur veut me

donner des coups de fouet sur les fesses pour se redresser la queue, c'est vingt francs de plus. »

La phrase était de la plus basse ironie, car je ne laissais voir que trop l'exaspération de mon désir.

Nous retombâmes sur le lit ; mais Teresa, plus adroite que moi, ne se laissa pas prendre malgré elle et lutta beaucoup mieux contre ma virilité qu'elle n'avait fait contre mon poing. Elle continuait de jouer, elle était pleine d'entrain et d'une jeunesse extraordinaire :

« Ah ! me dit-elle gaiement. Tu m'as traitée de putain et tu voudrais me baiser ? Mais non, les putains ne baisent pas, elles ont la chaude-pisse. Laisse-toi faire, joli blond, je serai bien cochonne.

— Bien. Continue ! fis-je en serrant les dents.

— Regarde ! poursuivit-elle, jouant toujours son rôle. Regarde comme j'ai des poils sous les bras : je connais des femmes qui n'en ont pas autant sur le chat. Veux-tu faire l'amour là-dedans ? Tu jouiras bien !... Non ? Tu veux que je te donne mes tétons de putain ?

— Encore cette scie !

— Les voilà, mes tétons de putain. Mets ta queue entre les deux. Je les serre... C'est bon ? Ils font bien leur métier, mes tétons de putain ?... Écoute, mon bébé, tu me donneras cent sous d'avance et tu me déchargeras sur la figure ? Pas ?

— Prends garde à toi ! Je vais le faire sans te prévenir !

— Tu aimes mieux jouir dans ma bouche ? C'est le même prix. Et je te ferai un joli travail avec ma langue autour du ventre. Tu aimes ça ? Je te lécherai les couilles, je te ferai feuille de rose et je te sucerai la queue après. Non ? Tu ne veux pas ? Tu dois avoir de la religion, toi. Tu as peur de dire à confesse que tu

as déchargé dans la bouche d'une femme. Nous pouvons bien faire autre chose. Veux-tu que je te branle, petit polisson ? »

Cette dernière proposition mit le comble à ma fureur et à la joie de Teresa.

« Tu veux que je te tue ?

— Oh ! pour me tuer, c'est plus cher que pour me battre ! » fit-elle en éclatant de rire.

Décidé à en finir sur-le-champ, je pris à bras-le-corps Teresa et voulus lui forcer les cuisses. Sérieusement, cette fois, elle me cria :

« Non ! tu ne me baiseras pas !

— Parce que... ? »

Une colère subite lui monta aux yeux. Elle me saisit les bras et se mit à hurler :

« Parce que chez toi, cette nuit, je ne suis pas une putain, m'entends-tu ? Quand une femme qui a envie de jouir frotte sa peau sur un homme qui bande, elle se donne par le trou qu'elle veut ! Et si j'ai plus de plaisir à me faire enculer et si je veux que tu m'encules, tu m'enculeras. »

Cette violence de paroles aurait dû me faire perdre tout moyen physique de laisser à Teresa la liberté de son choix : mais la diablesse ne me donna pas le temps de m'intimider ni celui de songer à ce que j'allais faire. Son habileté de geste et de posture était un prodige. Elle me prit par où elle voulait et, pour la seconde fois, je me trouvai en elle sans savoir comment j'y étais entré.

Aussitôt elle reprit sa voix la plus tendre, ses yeux les plus doux et me dit :

« Ne me joue pas le tour de décharger !

— C'est tout ce que tu mérites pourtant.

— Voilà. Une jolie femme vient lui donner son cul et tout ce qu'elle mérite c'est qu'après une minute on lui dise : « Fous le camp ! Va te finir seule. »

— Une minute ! Il y a une heure que tu me laisses dans l'état où je suis !... Je t'attendrai, mais...

— Tu es un amour. »

Puis, sur le même ton, elle continua en souriant :

« Tu me dégoûtes.

— Toi aussi.

— Je vais te dire maintenant pourquoi Charlotte et moi...

— Non !

— Si !... Je veux te le dire pendant que j'ai ta queue dans le derrière. La vérité, c'est que... nous étions aussi en chaleur l'une que l'autre. Mais, moi, ça se voyait moins. Tu ne l'avais pas vu ?

— Peut-être.

— Et maintenant. »

Je gardai le silence. Alors, tout à coup, changeant de voix par un de ces crescendos rapides qui annonçaient l'explosion de ses brutalités verbales, elle cria :

« Et, maintenant, le vois-tu que je suis en chaleur comme une vache ? Le vois-tu que je suis venue chez toi pour te violer, que je me suis foutue à poil, que je me suis laissé traiter de putain, que je me suis laissé baiser, que je me suis laissé battre et qu'enfin je me la suis plantée où je voulais, ta queue ! et que je me branle dans tes bras plus que Charlotte, le vois-tu ?... et le foutre que je te donne, quand tu en auras plus sur les couilles que dedans, faudra-t-il te dire que je décharge ? »

IX

Monter une pareille femme est un exercice plus dangereux que de chasser à courre sur une jument qui

devient folle. A tomber de cheval, on ne risque guère que de se casser un bras ou une jambe. Teresa donnait de telles ruades, ou, pour parler plus juste, elle avait la croupe si fougueuse qu'elle manqua vingt fois de me rompre un membre plus précieux que n'est la jambe.

J'eus si peur, que je me mis à penser avec une rapidité exceptionnelle, comme on pense à l'instant de mourir ; et je pensais à tout à la fois, même aux détails les moins urgents, que j'aurais eu le loisir de méditer le lendemain.

Je me disais :

1° Jamais je n'ai tant souffert même en dépucelant Mlle X... par-devant.

2° Elle va m'estropier. Que faire ? La maintenir ? Impossible. Mollir ? Plus difficile encore.

3° Qu'elle est belle !

4° Que je suis jeune et maladroit ! Je n'ai rien compris à son jeu, la nuit dernière, j'ai cru qu'elle mimait la passion pour exciter Charlotte, et sa comédie était vraie. Ce soir elle vient chez moi, elle se met nue sur mon lit, et jusqu'au dernier moment je ne sais ce qu'elle désire. Il faut qu'elle me crie à tue-tête : « Le vois-tu que je suis en chaleur ? » j'en rougis. Je me sens honteux.

5° Elle fait de moi ce qu'elle veut. Hier elle m'avait révolté. Elle revient ce soir. Je suis résolu à la mettre à la porte et voilà comment la scène se termine ! Comment s'achèvera la nuit ?

Teresa reprit ses sens très vite : assez tôt pour me retenir où j'étais en elle. La plupart des amoureuses ont l'instinct de ce geste et ignorent pourtant que ces minutes où l'on s'attarde sont celles où leur amour est le mieux partagé. Teresa, comme toujours, savait ce qu'elle faisait.

Elle ne me demanda ni une parole ni un baiser. Elle

vit que je laissais une distance entre nos bouches. Elle sentit qu'involontairement je ne caressais pas son corps, mais que je la tâtais : et cela la traitait de putain mieux que si j'avais répété le mot. Alors, trop adroite pour me souffler un imprudent : « Dis-moi que tu m'aimes ! » qui serait tombé à faux, elle parut accueillir mon geste avec plaisir. Elle ouvrit les cuisses toutes grandes à ma main qui était pourtant distraite ; elle frémit du ventre, elle plissa les yeux et finit par me dire d'une voix aussi confuse que reconnaissante :

« J'ai inondé ton lit, mon amour ! »

Comment un jeune homme n'embrasserait-il pas la femme qui lui parle ainsi, dans ses bras ? Il faut ne pas coucher avec elle, ou du moins... ne pas avoir vingt ans. Et la baiser de la bouche à la bouche passe tellement toutes les autres unions amoureuses que seulement, alors, Teresa mesura sa force contre moi.

Sûre d'elle, désormais, et ne craignant plus de se voir fermer la porte, elle sortit de la chambre.

Après quelques minutes qui me furent assez longues, elle revint toute nue, comme elle était partie. Je la croyais dans la pièce voisine et je ne sus que plus tard qu'elle avait passé ce temps chez elle.

Elle me regarda et, comme cherchant une question au hasard :

« Pourquoi aimes-tu mieux baiser ? » dit-elle.

Je répondis par taquinerie :

« Parce que les femmes qui ne sont pas toquées jouissent en baisant et que j'aime à faire jouir mon amie avant tout. »

Teresa paraissait d'excellente humeur. Elle se mit à rire au lieu de se fâcher :

« Alors quand tu couches avec une femme phénomène comme moi, la seule femme des deux hémisphères qui se fasse enfiler par le trou du cul, et quand tu

l'encules, cette femme, et quand tu sens qu'elle décharge comme une jument pisse...

— Tu ne pourrais pas t'exprimer avec un peu plus de pudeur ?

— Si, mon chéri. Et quand tu sens très bien que, plus tu lui fous ta queue dans le derrière, plus le foutre de son chat la mouille par-devant... tu veux bien avoir la bonté de...

— De ne pas la baiser ? Sois tranquille, je ne t'en parlerai plus. »

Elle se coucha sur la poitrine, tout près de moi, et reprit :

« Pour un homme qui ne parle que de baiser, tu n'encules pas mal les femmes. Qui est-ce qui t'a montré le mouvement ?

— J'ai bien mal appris, dis-je. Cela m'est arrivé à quatorze ans avec une jeune fille de mon âge qui m'a proposé cela au fond d'un jardin en jouant à cache-cache. Elle ne savait pas s'y prendre ni moi non plus. Ensuite, une douzaine d'autres jeunes filles... Mais tu ne peux pas savoir pourquoi les sœurs de nos amis sont si maladroites.

— Je ne peux pas savoir ! s'écria Teresa. Penses-tu que je n'ai jamais vu enculer des jeunes filles du monde ? D'abord, il n'y a pas moyen de trouver leur cul. Elle sont tout habillées. On s'embarrasse dans leur pantalon et on manque tout le temps de glisser la queue dans leur pucelage. Ensuite, il n'y en a pas une sur quatre qui ait seulement la pensée de se faire fiche un coup de burette dans la douille avant de marcher. Elles donnent leur trou, et voilà : on y fourre le bout de la pine. Ça les excite et ça leur fait un mal de chien. Elles se branlent vite, vite, pendant qu'on les encule ; mais il ne faut pas bouger, ça leur fait trop de mal et souvent on se décolle avant d'avoir joui, ce qui ne les empêche

pas de recommencer le lendemain avec un autre. Est-ce vrai ?

— Comment es-tu si bien renseignée ?

— Ah ! qu'est-ce que je ne sais pas là-dessus !... Et alors elles étaient toutes aussi gourdes, tes jeunes filles ?

— Charmantes ; mais un peu gourdes, comme tu dis, sauf une qui avait une grande habitude et qui se laissait faire avec une douceur, une patience...

— Un ange ! dit gaiement Teresa. On la ramonait du haut en bas et elle ne savait pas donner un coup de cul ? Est-ce ça ? Pourquoi ris-tu ? Je les connais mieux que toi, tes jeunes filles. Et ensuite ? voyons. Après tes pucelles ?

— Que veux-tu que je te dise ? Des histoires de bordel ? Ça n'a aucun intérêt.

— Je te demande qui t'a appris.

— Une toute petite danseuse de rien du tout qui marchait pour dix francs, qui faisait la danse du ventre à Montmartre...

— Et la danse du cul ?

— Mieux que celle du ventre.

— Comment était-elle ? Brune ?

— Naturellement. Je n'aime pas les blondes.

— Et son trou du cul ?

— Mais pourquoi es-tu si curieuse ? »

Teresa souple et nue, sans effort, simplement, se mit sur moi : elle se tenait sur les coudes. Elle ne me touchait que du ventre et des seins.

« Quand tu ne m'encules pas, j'ai besoin que tu me racontes des histoires de filles enculées.

— Pourquoi ?

— Et puis ne me demande pas toujours pourquoi j'ai le feu au cul. C'est de ta faute, encore une fois ! »

Je faillis répondre que je n'avais rien fait pour cela ;

mais je me retins et pris cette occasion d'arrêter l'interrogatoire.

« A mon tour, lui dis-je. Tu avais commencé tes souvenirs d'enfance et tu t'es arrêtée à l'âge de sept ans.

— C'est à propos de filles enculées que tu me dis ça ?

— Oui. »

Elle s'excitait et, comme il lui arrivait en pareil cas, son langage monta d'un ton.

« C'est vrai que j'ai toujours vu ça, une femme avec une queue dans le derrière.

« Mon dernier souvenir de ce temps-là, c'est un déjeuner où il y avait des hommes, des camarades. Après, maman et ses trois sœurs ont joué toutes les quatre à la main chaude avec leurs trous du cul. Quand elles y avaient une pine dedans, il fallait qu'elles devinent laquelle. Elles riaient tellement que j'ai vu des hommes débander et déculer. Pourtant, ce qu'elles avaient de jolies fesses !

« Quand j'avais sept ans, maman s'est foulé l'épaule et, comme elle n'avait plus de souplesse au trapèze, elle a quitté le cirque et ses sœurs et tout.

« Alors, elle s'est collée avec une gousse à Marseille, une gousse qui était cent fois plus putain qu'elle et qui s'appelait Francine ; une belle fille, mais putain à sucer un chien pour vingt francs. Nous couchions toutes les trois ensemble. Francine faisait des michés l'après-midi. Maman ne foutait rien, elle était son maquereau, elle lui bouffait le cul toute la nuit et m'excitait à me branler pour me développer le bouton.

« Après un mois de cette vie-là, maman a commencé à faire des michés par le cul. Elle est même arrivée à sucer pas mal. Et elle a chargé Francine de me dresser. J'allais avoir huit ans ; c'était l'âge de me foutre une queue dans le derrière. Maman l'a fait à huit ans, moi

— Tu es sur moi et tu le demandes ?

— Dis-moi ce qui te fait bander ? Est-ce ma peau ? mes poils ? mes tétons ? mon cul ? ma bouche ? Quoi ? Dis-le.

— Ta peau.

— Mais elle banderait bien dan ma bouche, cette queue-là. Tu me l'enverrais bien dans la bouche, ton foutre, hein ? Il y a trente-six heures que je t'ai promis de te sucer et tu ne me rappelles même pas ma promesse.

— Ah ! si tu crois que c'est facile de choisir quand on couche avec toi !

— C'est que je ne suis pas si putain que tu le penses. Va donc, va au bordel, tourne la négresse les quatre pattes en l'air et choisis ton trou. Elle se fout de toi, la négresse. Mais moi, tant que j'aurai envie de jouir, je saurai ce que je veux.

— Et mainteannt ?

— Eh bien... Je te sucerai plus tard.

— Vache que tu es ! Je ne te le demande pas, c'est toi qui me le propose et ensuite... »

Je n'eus pas le temps de finir ma phrase. Teresa venait de me faire entrer en elle selon ses goûts. D'une voix tremblante et chaude, elle se mit à parler :

« Tu l'auras, ma bouche, tu l'auras. Je veux te la donner. C'est moi qui ai envie de me fourrer ta queue dans la bouche, envie de la sucer, envie de la téter et d'avoir la bouche pleine de foutre. Il y a des choses que tu ne veux pas faire mais quand je te dirai : « Pisse ton foutre dans ma bouche ! » tu le feras. Ah ! tu ne me croyais pas aussi excitée que Charlotte et tu vois que je le suis plus qu'elle quand j'ai ta queue dans le derrière ! Tu l'as crue folle parce qu'elle t'a demandé... Mais moi, je ne suis pas folle ? Je suis chaude mais je sais ce que je te dis. Écoute : moi aussi, j'ai envie que tu me...

— Veux-tu te taire !

— Moi aussi. Je te jure sur la tombe de maman que tu peux me le faire. Je sais que tu ne le feras pas. Mais je ne veux pas que cela te dégoûte. Chut ! Je vais jouir, je me branle, tu m'encules, je te dis tout... Je viens de recommencer avec Charlotte. »

Recommencer quoi ? Je n'osais pas comprendre. Elle continua en s'exaltant à chaque mot :

« Il y a une heure, quand tu m'as enculée déjà, je suis rentrée chez moi, j'ai trouvé Charlotte avec ses sœurs, je l'ai prise à part dans une autre chambre et je lui ai dit : « Veux-tu de son foutre ? J'en ai dans le cul. »

— Tais-toi ! ne me le dis pas.

— Ta gueule ! s'écria-t-elle. Je te le dirai. Je lui ai mis mon cul sur la figure et je lui ai chié dans la bouche ton foutre, et elle l'a bu ! C'est le même trou du cul qui te serre la queue, le sens-tu, s'il a du muscle, le sens-tu ? C'est le même où ta Charlotte vient de fourrer sa langue pour y chercher la dernière goutte de foutre avec de la...

— Teresa ! Si tu ne te tais pas, je t'étrangle ! Jamais je n'ai désiré une femme autant que je te désire et tu dis tout ce qu'il faut pour que je te trouve ignoble autant que tu es belle.

— Tu bandes..., fit-elle.

— J'en suis honteux ! interrompis-je. J'en ferais davantage avec la négresse de bordel dont tu me parlais tout à l'heure et je n'aurais pas d'elle l'horreur que j'ai de toi. »

A ce mot, elle resta immobile et frémissante sur moi — car elle était sur moi et la souplesse de son corps lui permettait de se joindre ainsi par où elle prenait son plaisir.

Et alors, suspendant à la fois par son immobilité sa jouissance avec la mienne, elle me dit avec triomphe :

« Enfin ! Tu as compris que je ne suis pas ta putain !

— Mais tu es pire !

— Pire ! Tu l'as dit ! Je suis pire ! Mais je suis autre chose. La putain est celle qui se soumet aux vices des hommes. Moi, je te donne les miens, je te les apprends. Je t'en donne le goût.

— Jamais, jamais tu ne me donneras le goût de celui-là !

— Ha ! ha ! mais sens donc ce que tu fais ! Tu n'as jamais voulu que me baiser, et voilà quatre fois, quatre fois que tu m'encules parce que je le veux. Alors suis-je ta putain, dis-je, suis-je ta putain ?

— Si tu dis un mot de plus...

— Tu m'entendras ! fit-elle avec ferveur. Engueule-moi ! Bats-moi ! Crache-moi dans la bouche ! Mais je te défie de débander ! »

Elle me tenait de toutes ses forces et menaçait des dents ce que ses mains ne tenaient pas. Et j'étais toujours en elle et elle me tenait par là comme par les deux poings.

J'aurais pu... Mais combien il est difficile d'expliquer à la plupart des gens la scène passionnée qu'ils n'ont pas vécue ! Il est des hommes qui savent tout et qui ne connaissent pas les premiers éléments de la science amoureuse. Je partage mes lecteurs en deux groupes. Les uns me reprochent d'avoir donné auparavant une douzaine de bourrades sur l'épaule gauche de Teresa ; j'ai frappé une femme, ah ! fi !... Ceux-là n'ont jamais été vraiment aimés qui ne savent pas comment les femmes amoureuses se font battre par l'homme qu'elles aiment, et la volupté qu'elles trouvent à souffrir par la main qui les caresse, par le bras qui les étreint. Mais l'autre groupe de lecteurs n'a pas encore compris pourquoi,

si j'ai déjà battu cette femme, j'hésite à la flanquer cent fois hors de mon lit. C'est que... cela lui aurait fait mal.

Non, vous ne comprenez pas qu'une douzaine de coups de poings assenés sur l'épaule d'une amoureuse lui font plus de plaisir que de souffrance ? mais que, si cette femme lutte avec vous dans une position telle que l'on soit forcé de la prendre par la peau des flancs ou la chair des seins, l'homme qui vient de la battre ne la bat plus ?

Pourtant j'avais envie de la tuer, cette femme accroupie sur mon sexe. Et naturellement cela ne signifie pas que j'avais cessé de la trouver belle.

Elle s'écria, mais si près de ma bouche qu'elle la touchait presque :

« Alors, moi seule je n'aurais pas le droit d'avoir des vices ? Tu sais qu'à huit ans on m'a dépucelé le derrière et le reste. Tu sais que depuis vingt-huit ans je passe mes jours et mes nuits à satisfaire les vices des autres, tu voudrais que je jouisse comme une épouse chrétienne qui se fait enfiler le samedi soir avec sa chemise sale et qui prie saint Joseph de lui donner un fils et qui ne se lave pas le cul pendant huit jours de peur que son moutard ne dégouline ?

« Eh bien, j'ai des vices. Je crois même que je les ai tous et que j'en ai inventé. Ça m'a été utile dans ma vie de putain. »

Comme je ne protestais pas contre ce dernier mot, elle prit une expression féroce. La scène était vraiment extraordinaire, car nous restions toujours unis par la chair l'un à l'autre, et Teresa m'avait défié de lui échapper par là et en effet je ne pouvais pas même la rater.

Un sourire d'elle transforma tout. Cette femme menait le jeu comme il lui plaisait. Il lui plut de poursuivre en changeant de visage et de sa voix la plus tendre :

« Est-ce un vice d'être heureuse chaque fois que tu m'encules ?

— Oui.

— Tant mieux, je t'ai avoué que j'ai toujours vu enculer des femmes. Cela me paraissait trop banal. Dis-le que c'est un vice horrible et cela m'excitera le trou du cul.

— Salope !

— Est-ce un vice de me branler encore à trente-six ans ? Fais donc un article pour stigmatiser les jeunes filles qui se livrent à l'onanisme et surtout les mères..., une mère comme moi qui relève sa jupe entre le dessert et les liqueurs en disant à ses trois filles : « Taisez vos gueules pendant que je me branle ! »

— A moins que tu n'appelles Charlotte.

— Attends. Et une mère a-t-elle du vice quand elle permet à ses filles de se branler devant elle ? quand c'est elle-même qui les a branlées la première pour leur dégourdir la moniche à l'âge de sept ans ? quand elle leur a montré de sa propre main comment une fille se branle en leur tenant le doigt comme on tient le doigt d'une écolière pour lui apprendre à écrire ?

— Si tu n'avais fait que ça !

— Ah ! ce n'est pas assez ? Alors est-ce un vice que d'avoir prostitué mes trois filles, espèce de confesseur ? dis-le moi pendant que tu m'encules. (Elle s'énervait de plus en plus). Maman pleurait quand on m'a dépucelé de derrière. Moi, je me branlais quand j'ai vendu Charlotte et j'ai eu plus de plaisir à jeter mon foutre qu'à recevoir l'argent. Comprends-tu ? L'argent je m'en fous. C'est un vice pour moi que de donner mes filles. Je te les ai plantées sur la queue toutes les trois et pourtant... »

Elle n'acheva pas la phrase ; mais elle continua de parler et de me maintenir. Je devenais fou. Jamais je ne

m'étais trouvé en pareille situation. Je me répétais malgré moi : « Oh ! ne puis-je savoir si j'aime ou si je hais ? » Car plus Teresa mettait d'acharnement à s'avilir et plus, de tout son corps, elle voulait être belle.

Penchant son visage sur le mien et l'illuminant d'un nouveau sourire :

« Non ! tu ne déculeras pas ! dit-elle, et tu ne jouiras pas. J'ai plus envie de jouir que ta queue, et je me retiens ; tu te retiendras jusqu'à ce que j'aie fini de parler.

— Tu es si belle ! suppliai-je. Tu n'aurais rien à dire et plus tu parles, plus...

— Plus je te parle, plus je bande, fit-elle. Regarde mes tétons de putain, regarde si leurs bouts sont raides, si on ne les foutrait pas dans le derrière d'une gousse !

— Je t'en prie !

— Tu m'entendras ! Je ne suis pas gousse comme étaient maman et ses sœurs. J'ai couché avec des centaines et des centaines de gousses, des blondes, des brunes, des rousses, des châtaines et même des négresses. Je ne suis pas gousse. J'aime mieux la queue. Mais j'ai un vice. J'ai bien le droit d'avoir un vice, peut-être ? (Ici sa voix devint vibrante.) Cela m'excite de me faire lécher le cul par mes filles. Je suis très catholique ; je suis presque dévote. Un curé m'a dit que c'était le plus grand péché que je pouvais faire. Depuis que je le sais, je le fais tous les jours. Même quand je me branle, il y en a toujours une qui vient me sucer les poils. Même quand tu m'encules, cela m'échauffe d'y penser. Charlotte n'est qu'une gourde, mais, mais quand j'ai sa langue là, je me dis que c'est ma fille aînée, je décharge deux fois plus parce que c'est ma fille. »

Elle se tordit et ne put contenir plus longtemps son immobilité frémissante.

« Les imbéciles qui nous enculent l'une sur l'autre

s'imaginent que l'inceste me... Ha ! ha ! ha ! c'est pour mon plaisir ! »

Puis, agitant son corps souple avec de longs mouvements de croupe qui assouvissaient enfin mon désir interminablement déçu, elle choisit cet instant qu'elle avait amené avec tant de patience et d'artifice, le moment où je ne pouvais plus ni la repousser ni l'interrompre, et alors, plus ardente encore que je n'étais, mais pourtant moins égarée, elle articula sans élever la voix :

« Mes trois filles sont mon bordel. Je les fiche à poil au salon, pour moi leur mère. Je fais mon choix, je prends celle qui me tente et celle-là, devant ses deux sœurs, me suce les babines du cul, me lèche la raie des fesses, me fourre la langue dans le derrière, puis revient me gousser le bouton et avale tout ce que je décharge. Et je les ai si bien dressées que je leur chie dans la bouche le foutre des hommes qui m'enculent. Je t'ai dit que tout à l'heure j'avais pris Charlotte à part ? Ce n'est pas vrai. J'ai réveillé les petites ! Elles ont tout vu ! Et Lili est jalouse ! Elle est venue me lécher le cul ensuite parce qu'il y restait une goutte ! »

Je n'en entendis pas davantage. J'étais moralement épuisé. Ma fatigue physique dépassa même toute mesure. Sans doute à la suite de la longue attente que je venais de subir, et pendant deux minutes je restai seul sur mon lit, sans mouvement comme sans pensée.

X

Quand je rouvris les yeux, Teresa rentrait, toujours toute nue, et ramenant avec elle Lili ; une Lili nouvelle

pour moi, une Lili en chemise de nuit, avec une petite natte dans le dos ; une Lili qui dormait debout.

Elle la plia sur un fauteuil comme une poupée et vint me dire à l'oreille, mais en accentuant chaque syllabe :

« Laisse-moi faire. C'est ma fille. Je l'élève comme je veux. Si tu m'insultes devant cette gosse de dix ans, ou si tu l'empêches de m'obéir, je ne te le pardonnerai jamais. »

Phrases superflues, car je ne pensais à rien. Je me sentais abruti. Je n'avais aucun dessein, ni bienveillant ni hostile.

Teresa fit lever la petite du fauteuil où elle avait l'air de se rendormir, et elle l'éveilla tout à fait en quelques mots :

« Montre-nous comme tu t'éveilles bien quand tu vois un homme. Allons ? Une ! Deux ! Trois ! On ne dort plus ?

— Non, maman.

— Eh bien ? et qu'est-ce que doit faire une petite fille quand elle est en chemise devant un monsieur ? »

Comme si on lui rappelait une maxime de la Civilité puérile et honnête. Lili, avec un sourire très drôle, leva sa chemise jusqu'à la ceinture et ouvrit un peu les pattes. Puis elle me sauta au cou et, gentille, un peu grondeuse :

« Tu m'en as fait des queues avec Charlotte ! Elle m'a tout dit.

— Ça ne m'étonne pas d'elle ! fis-je en m'éveillant à mon tour. Elle m'a tout dit à moi aussi.

— Tout quoi ?

— Je sais comment tu manges tes biscuits.

— Mes biscuits ? Quand je lui en mets un dans le chat avant qu'elle se branle ? Et quoi encore ? »

Je me tournai vers Teresa :

« On peut lui demander comment elle est née ?

— Mais oui. Dis comment, Lili. »

Et Lili hésita pourtant. Puis, voyant que je le savais, elle se mit à rire :

« C'est Charlotte qui est mon papa. Elle m'a faite à maman avec son cul. »

Même... (et comme je n'ai jamais vu Lili jeter une gaffe, je pense que ce fut une malice) elle ajouta vite ce qu'on ne lui demandait guère :

« Dans la famille, c'est comme ça qu'on fait les gosses. Maman vient d'en faire un cette nuit à Charlotte ; mais il prendra pas : c'était dans la bouche. »

Lili ne riait point quand elle plaisantait. Devinant que je ne riais pas non plus, Teresa dit aussitôt :

« Est-ce pour avoir l'air d'un petit ange que tu gardes ta liquette, espèce de grenouille mal branlée ? Veux-tu m'enlever ça et nous montrer tout ? En voilà une tenue pour les taches de foutre ! »

Sans s'émouvoir de l'algarade, le petit ange ôta sa chemise et dit à sa maman :

« Faut-il défaire ma natte ?

— Non. Viens sur moi. Raconte-nous ce que tu as fait avec lui hier.

— J'ai eu sa queue partout, maman. Par-devant, par-derrière et par la bouche.

— C'est tout ?

— Oui. Je n'ai que trois trous. C'est malheureux que tu ne m'en aies pas donné quatorze.

— Écoutez-la... Et qu'est-ce que tu sais faire encore ?

— Ce qu'on veut.

— Dis quoi. »

Lili hésita, soupira... puis, après m'avoir regardé, elle répondit... avec le découragement d'une fille qui renonce à élever sa mère...

« Bien des choses qu'il n'aime pas, maman. J'ai vu ça tout de suite.

— Ah ! tu as vu ça ?

— Oui. C'est pas un monsieur qui pisse sur les petites filles ni qui se fait faire des cochonneries. Il n'aime rien de ce qui est sale et il aime tout ce qui est bon... Et il n'est pas méchant non plus. C'est pas un homme à donner le fouet. Mais je sais quelque chose qu'il ne dira pas non. »

Elle le chuchota dans l'oreille de sa mère avec une grande animation.

« Répète-le tout haut, fit Teresa. N'aie pas peur. Dis-le comme tu viens de me le dire. »

Lili baissait les yeux et parla d'un air si gêné qu'elle poussait un soupir entre chaque mot.

« Quand il... Quand il... t'enculera..., maman..., je te mettrai... je te mettrai la main dans le chat... et je... je...

— Oh ! petite nigaude ! fit Teresa. Tu lui prendras la queue à travers la peau du con et tu la lui branleras dans mon cul. En fais-tu des manières pour si peu de chose ! Et si je le suce ?

— Je lui ferai des langues sous les couilles et feuille de rose.

— Et si je baise ?

— Ça m'épaterait ! » dit sérieusement Lili.

Teresa eut un éclat de rire qui lui secoua les reins et le ventre.

Jusque-là, Lili avait le trac. Si libre avec sa mère et même avec moi, elle s'intimidait devant nous parce qu'elle nous voyait ensemble et qu'à nous deux nous formions un public. Le rire de sa mère la transforma comme un petit succès imprévu met des ailes à une jeune actrice. A partir de cet instant, elle eut un autre visage. Teresa, toujours prompte à lire les physionomies de ses filles, dit tout haut :

« Mademoiselle Lili, venez en scène. Qu'est-ce que c'est que ce costume-là ?

— Un costume complet de petite fille toute nue. C'est maman qui me l'a fait, comme les vers à soie, en travaillant avec son...

— Et votre cache-sexe, mademoiselle ?

— Oh ! pour ce que j'ai de sexe, madame, ça ne vaut pas la peine de le cacher ! »

Mais Lili devenait drôle quand elle prenait de l'aplomb ! Je l'interrogeai à mon tour :

« Vous voulez que je vous engage, mademoiselle ? Comme danseuse ? Cantatrice ? Acrobate ? Qu'est-ce que vous savez faire ?

— Sucer la queue du directeur », dit Lili sans hésiter. »

Elle allait bien !... Sur le même ton tranquille et sans chercher un mot, elle continua :

« Comme acrobate, je sais un tour de ma grand-mère. Monsieur, voulez-vous le numéro de la fille-serpent ? avec l'art de trouver une gousse dans son lit quand on couche toute seule ?

— Oui, dit Teresa. Vas-y.

— Si maman le savait !... », commença Lili.

Et à partir de là je crus qu'elle récitait un petit rôle appris par cœur. Je ne connaissais pas encore assez Lili pour imaginer qu'elle avait composé tout cela elle-même, avec des bribes de phrases entendues par hasard et un dont naturel de comédienne-enfant.

Elle s'accroupit au pied du lit, les coudes sur les genoux, les pieds sous les fesses, et dit avec mélancolie :

« Vous voyez devant vous la petite fille martyre dont il a été question dans les journaux, la plus malheureuse petite fille du monde. On n'a pas osé imprimer pourquoi, tellement c'est épouvantable. J'ai une mère dénaturée, monsieur. Que Dieu lui pardonne !

— Tu l'entends ? fit Teresa.

— Il y a des petites filles qu'on bat, qu'on fouette, qu'on enchaîne, qu'on martyrise, qu'on fait manger par les punaises et qu'on prive de nourriture. Mais moi, savez-vous ce qui m'est défendu jusqu'à ma majorité ? Ah ! monsieur ! personne ne devinerait par où ma mère me supplicie ! Elle m'a défendue de me branler !

— Croirait-on pas que c'est vrai ? » fit encore Teresa.

Lili ne sourcilla point. De la voix lente et résignée d'une enfant qui conte ses malheurs sans espoir de consolation, elle continua en faisant presque avec pudeur ce qu'elle racontait :

« Monsieur, je vous prends à témoin. Je me branlais sagement comme ça : un doigt dans le cul, un doigt dans la fente et un doigt sur le petit bouton. Je ne me faisais pas de mal, je vous assure, mais j'ai eu beau le dire à maman : les grandes personnes, ça comprend rien.

— Pauvre petite ! soupirai-je avec elle.

— Et ça vous lance des mots !... Maman m'a fait jurer que je ne reprendrais plus jamais la funeste habitude de la « masturbation » ! Un mot pareil en pleine figure ! sur une petite fille, monsieur !

— Est-il permis !... Et vous ne l'avez jamais reprise, cette funeste habitude ?

— Non, parce que je n'ai qu'une parole.

— Et vous ne vous êtes pas suicidée ?

— Non, parce que je m'en foutais comme de mes trois pucelages. Depuis que je peux plus me branler, je me gousse. »

Instinctivement, Lili laissa tomber cette dernière réplique sans aucun accent. Elle garda sa voix simple et douce. Dix ans de théâtre pour certaines actrices ne valaient pas dix ans d'existence pour Lili. Je ne pus m'empêcher de dire à l'oreille de Teresa :

« Il faut en faire une comédienne !

rose qu'elle se tourne !... Mieux que ça, Lili ! toute la langue dans le cul !... Regarde ce qu'elle s'en fourre ! Quelle putain d'enfant !... Ça va, ma Lili ! c'est pas mal ! Engagée pour la saison ! »

Lili se releva très rouge et...

Tous les éducateurs me comprendront : ou bien il ne faut pas permettre aux petites filles-serpents de se livrer au saphisme sur elles-mêmes devant leur mère et l'amant de leur mère, ou bien, si l'on y consent, et si elles y renoncent, il faut les en féliciter.

Je m'empressais donc d'offrir à la jeune acrobate les compliments qui lui étaient dus lorsque Teresa nous interrompit :

« Va dans le cabinet de toilette, ma gosse. Ferme la porte, fais-toi belle, brosse tes poils du cul et reviens quands je t'appellerai. »

Au premier signe, Lili obéit de bonne grâce. Elle esquissa pourtant un curieux sourire sur les mots : « Brosse tes poils du cul ! » Il me parut vaguement qu'elle se disait en elle-même : « Moi, si je voulais bien répondre, je serais plus spirituelle que ça. » Mais elle sut prouver d'une autre façon qu'elle n'était pas bête : elle ne répondit rien du tout.

La porte refermée, il y eut un silence. Teresa ne parlait point et, bien qu'elle aimât Lili autant ou même plus que maternellement, j'aurais été bien naïf si j'avais cru qu'elle attendait, pendant ce troisième entracte, mes compliments pour sa petite fille.

Elle mit son regard sur mes yeux.

Sa main sur mon flanc.

Sa cuisse sur ma cuisse.

Rien de plus. Une minute lui suffit pour obtenir, sans aucun attouchement direct, le résultat qu'elle cherchait. Plus las d'esprit que de corps, j'eus la paresse de ne pas

accueillir par une allocution vibrante la réussite instantanée de ce magnétisme à distance. Je n'aime pas servir de sujet aux scènes de thaumaturgie ; et du reste je commençais à connaître Teresa : je devinais sans peine qu'elle avait eu dessein d'exciter mes sens, non de les satisfaire.

« Je ne veux plus rien te dire sans que tu bandes ! fit-elle impitoyablement.

— Vous voyez devant vous, soupirai-je, le jeune homme martyr dont il a été question dans les journaux.

— Bande et attends ! Fais comme moi. Quand Lili va me gousser, tu verras si je me retiens.

— Votre religion vous l'ordonne, madame ? Cette forte résolution est la conséquence d'un vœu ? »

Avec un petit rugissement, elle m'empoigna par... Oh ! j'aime encore moins ces plaisanteries-là !... Mais ce ne fut qu'une menace. En quelques mots elle fit savoir ce qu'elle m'offrait de voluptés, ce qu'elle attendait de ma persévérance, et le rôle que jouerait Lili. Je ne vous le dis pas ; ce n'est point par dissimulation ; c'est parce que vous le lirez à la page suivante. Teresa me donnait un scénario qui me parut bien long pour un acte.

J'aurais voulu lui exposer que j'avais reçu de la Providence, non pas comme les belles tribades un godmiché miraculeux, mais un organe susceptible de prouver la faiblesse humaine... Elle ne m'écouta plus. Elle cria :

« Lili !

— Chic ! fit la petite en m'apercevant, c'est pas commencé. Qu'est-ce qu'on va faire ?

— Trois choses. Viens sur moi. Tu les devineras toute seule. »

Teresa l'aida bien un peu, en la laissant, comme par mégarde, sentir l'état de jouissance où elle était restée. Lili eut un cri de joie :

« Oh ! c'est pour moi tout ça ?

— Et ensuite ? Qu'est-ce que tu n'as pas eu aujourd'hui, petite gousse ?

— Une pine dans le cul... Mais j'osais pas demander celle-là.

— On va te la prêter. Tu me la rendras. Et après ; qu'est-ce que tu nous feras ?

— La main par-dedans. »

Preste et plus serpent que jamais, Lili glissa le long du corps et se fourra la figure entre les cuisses de sa mère. La petite tête disparut dans ces longs poils noirs où ma main s'était plusieurs fois perdue. Teresa m'étreignit en se tordant sur une épaule, mais resta couchée par le bas, car elle avait la taille souple...

Et il fallut l'entendre. Elle voulait parler. Elle me dit ces choses inimaginables dans un murmure égal, ardent, coupé de sourires :

« Chut ! Écoute-moi bien. Je suis calmée à présent ; tu me croiras. Le voilà, mon vice. Le voilà, mon bonheur. Je suis allée dans mon bordel. J'ai pris au choix la petite putain que je voulais. Tu peux l'appeler putain, celle-là, comme Charlotte. Moi seule, tu n'as pas le droit de m'appeler putain.

« Et quelle putain ! Elle n'est même pas ma gousse ; elle ne m'a pas fait jouir ; elle vient lécher le foutre que j'ai fait pour toi. Hier c'était la même scène et ce n'était pas la même putain. J'ai déchargé pour ta queue dans la bouche de Charlotte, pour ta queue ! ta queue ! ta queue ! et tu ne l'as pas compris, puceau ! »

Que ce dernier mot fut adroit ! Elle sentit que je ne la suivais point, que Lili m'avait amusé, que je pensais trop à Lili ; et, d'un mot, elle changea la source de ma

mauvaise humeur en m'exaspérant pour la troisième fois par ce nom de puceau. Cela dit, elle me ferma la bouche, doubla ses violences de langage et mit un tremblement dans son murmure :

« Pas une mère n'a fait boire autant de lait à ses filles que je leur ai fait boire de foutre. Celle-ci a dix ans, elle me tète encore. Pas mes tétons ! mes tétons, je te les donne pour te chauffer les mains, te caresser les couilles, te serrer la queue ! Si j'avais du lait dans mes tétons, je te le donnerais à toi, pas à elle. Regarde-la sucer, comme un petit chat qui tète sous le ventre d'une chatte ! Elle n'a que dix ans ! Combien d'années aurai-je encore sa langue dans le cul ? Charlotte me tète le foutre depuis vingt ans et elle n'est pas sevrée.

— Crois-tu qu'il y ait une mère plus infâme que toi ? chuchotai-je à mon tour.

— Dis-moi ça, tu m'excites. Je coule. Plus tu me le diras, plus ma fille aura de foutre à boire...

— Est-ce que tu vas jouir, infamie ?

— Non. Elle lèche tes restes, ma petite putain. J'étais inondée. Elle n'a pas fini ! Alors je suis une mère si infâme que ça ? tu es sûr ? il y en a tant d'autres !

— Les autres ont l'excuse de céder aux vices des hommes ; mais les scènes d'inceste que tu viens de faire chez moi, malgré moi...

— Je suis pire qu'une putain, je sais.

— Cent fois pire ! Tu es effrayante ! Tu es pire que les putains, les gousses, les maquerelles, pire que les michés eux-mêmes. »

Ici, Lili releva la tête et, sans avoir rien entendu de notre murmure, elle dit :

« Non, mais qu'est-ce que tu as, maman ? Plus j'en suce et plus il en coule.

— Stop ! Lili ! fit Teresa qui se ressaisit avec effort. Joue à autre chose. Fourre-toi du savon dans le

derrière, essuie-toi la rigole des fesses et reviens t'asseoir là-dessus. »

Le ciel ne m'a pas donné un tempérament de voyageur. Aussi ne fus-je pas fâché quand Teresa me lâcha la bride après m'avoir maintenu par ses enchantements dans l'état que vous savez. Je l'avoue même à ces moralistes que je désespère de fléchir et qui vont encore me reprocher la scène suivante. J'étais content d'en finir.

Mais, comme une fois déjà Mlle Lili avait commis à mon égard un outrage à la pudeur en venant « s'asseoir là-dessus », selon l'expression de sa mère, je la fis changer de posture. D'ailleurs, je me sentais las d'être couché.

Sans me mettre en frais d'imagination, je plaçai la petite debout sur un tabouret, au bord du lit, le corps incliné en avant. Dans les histoires véritables, les postures sont toujours plus simples que dans les romans.

« Tiens-toi bien ! fit Teresa. Tu as l'air d'une petite marchande de violettes qui monte sur son panier pour se faire enculer dans les chiottes d'un bistrot.

— Et pour avoir l'air d'une petite princesse, comment faut-il se faire enculer ? » dit Lili.

Elle s'y prit comme une enfant sage et redevint sérieuse à l'instant.

Tournant la tête du côté où sa mère ne la voyait pas, elle me regarda par-dessus l'épaule avec une gentille expression des yeux et un petit baiser à peine dessiné. Cela signifiait : « Je ne te dis rien parce que maman est là. » Mon regard lui répondit que nous nous comprenions ; mais ce fut avec le même mystère, car plus les petites filles sont petites et plus les grands secrets sont grands.

Notre dialogue silencieux fut bientôt, ainsi qu'on le pense, interrompu par Teresa qui ne dissimulait plus son excitation.

Teresa me lança un sourire où je crus voir de la férocité, un sourire des dents plutôt que des lèvres, et elle me dit à l'oreille :

« Te prostituer ma fille à dix ans, par le cul, ce n'est rien ! Ce qui m'échauffe, c'est de lui retirer ta queue et de... Écoute ! Écoute. »

Elle vint se coucher près de moi sur le flanc, au milieu du lit :

« Ta langue, ma Lili, dit-elle. Lèche-moi le trou. Mouille-le bien. Ecarte les poils. Prends la queue maintenant, ma gosse ! Encule-moi toi-même. Et dis ce que c'est qu'une petite fille qui fait enculer sa mère. Dis-le. »

Lili trouva deux réponses. Elle me chuchota dans un souffle :

« C'est une enfant de putain. »

Et tout haut, à Teresa :

— « On voit bien que c'est une petite fille qu'on a faite avec le cul. »

La première réponse m'amusa si fort que je faillis oublier mon rôle et manquer mon entrée, malgré les bons soins de Lili régisseuse.

Teresa n'entendit, je crois, ni la première ni la seconde. Comme elle me tournait le dos, elle ne vit même pas mon rire dérobé ; mais elle parla de telle sorte que mon envie de rire s'éteignit. Elle vomissait des mots. Elle devenait terrible. Devant une petite fille « un peu putain » sans doute, mais drôle et fine, devant une enfant trop jeune pour comprendre le délire des sens, il me sembla que ce débordement d'obscénités était inutile... Teresa s'y vautrait. Elle voulut forcer tout ce qu'elle avait dit devant Char-

lotte, comme si la frêle enfance de sa plus jeune fille la surexcitait à l'audace.

Lili, attentive, pas intimidée, mais pourtant silencieuse, fit alors son dernier exercice.

Sa petite main, allongée en fuseau, put s'introduire tout entière dans le sexe de Teresa qui n'était pas large. Là, peu à peu, la petite main adroite s'ouvrit, effleura, parut voleter, puis saisit fermement à travers la muqueuse le membre qui ne pouvait lui échapper.

Je ne crains pas d'affirmer que jusqu'à cette heure de ma vie je n'avais jamais accepté les complaisances de la main. Elles me semblent un peu ridicules et vraiment indésirables. Mais l'exercice de Lili était de la plus haute école. J'en restai muet d'admiration.

Plût aux dieux que Teresa fût restée muette elle aussi ! Elle ne cessait de crier : « Ah ! quelle putain de gosse ! quelle tireuse de foutre ! Ah ! tourne-toi, ma fille, viens que je branle ton cul, saloperie ! » et cent autres phrases de la même couleur. Cela m'étourdissait. J'en avais un pli entre les sourcils. Quand une acrobate fait son tour de force, l'orchestre s'arrête. Le tour suprême de Lili méritait un peu de silence. L'inceste même ne venait s'y ajouter que pour le plaisir de Teresa. Je m'en serais passé.

Jouir d'une très belle femme par la voie italienne qu'elle préfère avec ardeur et sentir tout à coup au fond de ses entrailles une petite main douce mais tenace, qui vous prend, qui vous serre, vous palpe, vous caresse. Vraiment, si vous n'avez jamais éprouvé cela, croyez bien qu'il est superflu d'ajouter une idée morale telle que l'inceste à une sensation physique aussi intense par elle-même, quand on sait régler ses désirs, modérer ses passions, vivre content de peu.

XI

Par quel hasard renouvelé rencontrai-je Mauricette une seconde fois dans l'escalier, à deux marches de ma porte ? Je ne sais, mais je n'en fus qu'à peine surpris. Ces sortes de hasards se renouvellent plus souvent qu'ils ne varient.

Muette et boudeuse, elle détourna la tête quand je l'embrassai ; puis elle me suivit librement chez moi. Oh ! pour me faire une scène ! Je m'y attendais bien, j'étais en effet inexcusable : je l'avais abordée la première ; elle s'était donnée ; elle m'avait envoyé elle-même sa mère et ses sœurs par esprit de famille mais depuis deux jours je l'oubliais, elle, Ricette, à qui je devais tout. Les hommes sont des monstres : qu'allait-elle me dire ?

J'avais des remords. J'en eus même davantage une minute après ; car Ricette me parut plus jolie que l'avant-veille et nos remords sont très sensibles aux fluctuations de nos tendresses. Qu'allait-elle me dire ? Je préparais en hâte quelques réponses aux reproches que j'attendais ; mais si j'avais prévu quelque phrase, ce n'était certes pas celle que Ricette avait sur les lèvres.

« Tu vas me dépuceler », dit-elle à mi-voix.

Il ne manquait plus que cela ! Et, comme malgré moi ma physionomie montrait plus de stupéfaction que d'empressement, Ricette n'attendit même pas la réponse :

« Ah ! bien ! fit-elle. Tu es gentil !... Je t'ai montré mon pucelage avant-hier, tu peux le prendre aujourd'hui et tu n'en veux pas ? »

Je la pris sur mes genoux, elle se laissa faire et, avant que j'eusse dit un mot, elle continua :

« Quel drôle de caractère ! tu fais toujours le contraire de ce qu'on te demande ! Pendant trois heures, Charlotte t'a supplié de l'appeler putain ; ça l'excite quand elle va jouir ; et tu n'as pas voulu ; elle nous a dit qu'elle n'avait jamais vu un homme aussi entêté. Mais le lendemain c'est maman que tu as appelée dix fois putain parce qu'elle n'aime pas ça. Es-tu rosse !

— Non. Pas rosse du tout.

— Oh !... Et c'est pas fini !... Tu sais que maman et Charlotte ont le goût de se faire enculer. Alors tu leur as dit que tu n'aimais qu'une chose, c'était de baiser. Mais moi j'ai un pucelage à vendre, je te le donne...

— Tu es un amour !

— Va donc ! Quand Charlotte en veut par derrière, tu lui en demandes par devant, et moi, quand je me donne par devant, tu ne me prends pas. »

Je poussai un profond soupir. Etre obligé de s'expliquer longuement et savoir d'avance qu'on ne sera pas compris est une pénible situation. Je renonçai donc aux arguments les meilleurs pour ne retenir que ceux dont Mauricette pouvait sentir la raison :

« Écoute-moi. Tu as quatorze ans et demi ?

— Oui, et je peux baiser puisqu'on m'encule.

— Bien. On peut te dépuceler ; mais tu sais qu'à ton âge ça te fera beaucoup plus de mal par-devant que par-derrière ?

— Ça m'est égal, fit-elle tendrement.

— Et tu sais que ça me fera mal à moi aussi ?

— Ça, je m'en fous encore plus ! dit-elle avec gaîté.

— Et qu'est-ce qui arrivera le soir ? Comme vous êtes gousses toutes les quatre, ta mère et tes sœurs verront le soir-même que ton pucelage est enfoncé. Ta mère sera furieuse. Nous serons tous brouillés à mort.

Et que nous restera-t-il de tout cela ? Le souvenir d'une demi-heure où nous aurons eu, toi et moi, beaucoup plus de mal que de plaisir. Et pendant que je te regretterai tu baiseras avec les autres. Faisons le contraire. Laisse-toi dépuceler par quelqu'un et ensuite nous baiserons tant que tu voudras. »

Mauricette demeura songeuse. Je sus plus tard qu'elle avait failli me dire : « Pourquoi ça vaut-il deux mille francs, si tu n'en veux pas pour rien ? » Mais elle garda le silence et, pendant qu'elle réfléchissait, il me vint une idée qui, heureusement, finit par la séduire. « Pourquoi ne me donnes-tu pas ton autre pucelage ?

— Lequel ? » fit-elle avec stupeur.

Elle ne comprenait pas du tout. Comme elle était toujours sur mes genoux, je la serrai contre moi et je lui dis plus bas :

« Voyons. Je ne te gronderai pas devant tes sœurs ; mais personne ne nous entend. Est-ce que tu n'es pas honteuse, à ton âge, de ne pas encore savoir sucer ? »

Oh ! si ! elle était honteuse ! Elle devint rouge comme une enfant à qui son confesseur reproche un péché mortel.

« Comment, tu vas avoir quinze ans et tu ne sais pas !

— Ah ! si je te racontais...

— Oui ; mais c'est de l'enfantillage. Il faut te guérir de ça. Veux-tu essayer ? Veux-tu essayer toute seule avec moi ? »

Elle me mit les bras autour du cou et, cachant sa tête confuse entre ma joue et mon épaule, répondit :

« Oui, je veux bien essayer avec toi. »

A peine avait-elle accepté ma proposition que je regrettai de la lui avoir faite. « Comment ! me disais-je, voilà une gosse que je refuse de dépuceler pour ne pas la faire saigner et je lui offre cela en échange quand je sais que cela lui donne le haut-le-cœur ? Mais, enfin, si elle

vomit ?... Ainsi je ne veux pas lui laisser le souvenir d'une souffrance et je risque de lui laisser le souvenir d'une nausée ? Ce sera gai pour elle et moi si l'expérience finit ainsi ! »

Ces tristes réflexions se dissipèrent lentement. Je trouvais l'idée plaisante de donner une leçon à une fille de Teresa. Et puis la difficulté même de la tentative m'attirait. J'espérais un peu qu'avec moi ce ne serait point comme avec les autres ; nul ne se confond avec la foule ; et puisqu'il fallait bien qu'un jour Mauricette apprît à sucer, pourquoi ne serait-ce pas moi qui lui en donnerais le goût ? Oui, je disais le goût, je ne doutais de rien.

Mauricette revint nue du cabinet de toilette et elle m'enhardit dès le premier mot :

« Je sens que ça ira bien. »

Elle ajouta malheureusement :

« Ousqu'on peut cracher ?

— Cracher ? Mais ça ne se crache pas ! En voilà des principes ! Comment, tu sors d'un pensionnat où l'on t'a élevée avec des petites filles du monde et elles ne t'ont pas dit qu'elles avalent ?

— Oh ! si ! elles me l'ont dit ! et Dieu sait ce qu'elles n'avaleraient pas ! J'en ai vu qui auraient appris des choses à Lili. Mais moi, je ne suis pas du monde, je ferai comme au bordel, je cracherai.

— Vous avalerez, mademoiselle, et tout de suite, au lieu de garder ça dans la bouche pendant trois minutes jusqu'à ce que vous ayez fini de téter ; comprenez-vous ? On vous a bien mal élevée dans votre famille. »

Sans répondre, elle se jeta sur moi et me dit lèvre à lèvre, d'une voix plus chaude :

« C'est vrai que tu vas me décharger dans la bouche ?... Alors donne-moi ta langue d'abord... Et jure que tu me donneras encore ta langue après... Mais

aussi je vais te jurer quelque chose : jamais je n'ai bu du foutre d'homme, jamais !... Alors, si je te rate, tu ne m'en voudras pas pour ça, dis ?... Et si je réussis, tu ne vas pas t'imaginer que je t'aime ! Je t'aime pas du tout, du tout, du tout ! »

Sur ces derniers mots, elle me donna le baiser le plus gentil que j'eusse encore reçu de toute cette famille si diverse en natures et en caractères. Je pensai à un vers de Clément Marot... Mais je n'eus pas le loisir de rêver. Mauricette s'était déjà mise au travail.

« Oh ! tout simplement ! lui dis-je. Tu t'y prends comme avec une gousse. Nous n'en sommes pas au cours supérieur. Ne t'occupe donc pas de me faire plaisir. Il ne s'agit que de toi en ce moment. Ce que j'ai sous les yeux, ce n'est pas un jeune satyre qui s'abandonne à la lubricité... Non. Pas ça du tout. Je ne vois rien qu'une délicieuse petite Ricette qui est jolie et timide comme une biche au bois et qui va me dire : « Ce n'est que ça ? » quand elle aura fini.

— Mais tu me préviendras ?

— Chut ! Quand on suce, on ne parle pas. Premier principe : ne pas rouvrir la bouche pour demander au monsieur des nouvelles de sa grand-mère. Et puis on ne rit pas non plus quand on suce.

— Mais c'est toi qui...

— Chut ! Continue. Je te préviendrai. Veux-tu que je me presse ? Oui ? C'est facile. Presse-toi aussi ! Et rappelle-toi ce qui est convenu : tu avales tout de suite, tu dis que c'est bon et tu en redemandes... Ricette chérie ! je suis si bien dans ta bouche ! »

Cette dernière phrase lui fit un plaisir que j'aurais dû prévoir et la piqua au zèle. Les félicitations qui nous flattent le plus sont celles que l'on adresse aux talents que nous possédons le moins. Et puis les jeunes filles qui n'ont pas l'habitude de sucer font cela tout à fait

comme elles font l'amour : elles ont donc besoin de se monter jusqu'à un certain degré de passion.

Je continuai sur le même ton. En quelques mots, Ricette se laissa « monter » au point où il fallait qu'elle fût... Je la prévins... Elle frémit, ferma les yeux, pâlit comme si elle accomplissait une prouesse en face du danger... et, quand elle eut fini, elle resta stupéfaite, assise sur les talons, la bouche ouverte...

Hébétée, elle me regardait. Je lui tendis les bras. Elle s'y jeta, toute fière et surprise et honteuse et tendre et si émue surtout que je sentais battre son cœur à travers son petit sein gauche.

« Je l'ai fait, dit-elle. Ce n'est pas possible ! Moi qui n'avais jamais pu ! Et j'ai tout avalé, mais tout ! comme tu m'as dit. Je n'en reviens pas.

— Et ce n'est pas si mauvais, voyons ? Il y a tant de jeunes filles qui aiment ça !

— Je sais pas si c'est bon ou mauvais, dit-elle d'un air encore rêveur. Mais ça m'a fait plaisir. Parce que tu jouissais. »

Et, comme je l'embrassais pour ce mot, elle reprit tout inclinée :

« Et puis... et puis... crois-tu que ton foutre est comme le foutre des autres ?

— Mais oui.

— C'est pas vrai.

— Si.

— Non. »

Elle rêva encore et dit en croisant les mains :

« C'est maman qui va être épatée ! Elle ne voudra jamais le croire.

— Comment faire ?

— On recommencera ! s'écria Ricette. On recommencera devant elle ! »

Ce mot valait une récompense ; nous en eûmes l'idée

tous deux à la fois ; mais Ricette parla la première et j'étais à cent lieues d'imaginer ce qu'elle allait me demander.

Toujours les bras à mon cou, elle me dit mollement :

« J'ai envie de quelque chose. Dis oui.

— Je dis oui. Qu'est-ce que c'est ?

— Tu vas être bien attrapé. Je sais que tu n'aimes pas ça ; mais tu as dit oui d'avance. Et j'en ai envie.

— Envie de quoi ? »

Elle prit un temps comme une jeune actrice ; puis elle me dit à l'oreille tout haut malgré elle avec un rire qui faisait trembler ses mots :

« J'ai envie de me branler.

— Petite horreur ! et tu crois que je vais te laisser faire ? Demande-moi n'importe quoi, mais...

— Rien du tout. Plus tard. Tu m'as répondu oui d'avance, et puis tu le sais bien que j'en ai l'habitude. Je te l'ai dit avant-hier.

— Alors, tu es comme Charlotte ? Quand tu as envie de te branler, tu te branles ? même devant un homme ?

— Surtout.

— Et on ne peut rien t'offrir à la place ?

— Tout à l'heure, supplia-t-elle. Ça n'empêche rien. »

Vraiment, c'était le vice de la famille ; mais je ne pouvais m'y accoutumer et je ressentais une sorte de jalousie à voir cette petite qui prenait son plaisir elle-même. Elle se touchait à peine, avec lenteur et sans secousses du doigt. Au début, voyant que je cédais, elle devint taquine.

« Regarde mon pucelage, regarde ! dit-elle en ouvrant les cuisses.

— Veux-tu finir ?

— Il faut bien que je le branle puisque tu ne le prends pas. »

Cette plaisanterie me mit en fureur ; mais Mauricette gardait un si gentil visage que je m'efforçai de plaisanter aussi.

« Mademoiselle, est-ce que vous avez aussi l'habitude de la flagellation ?

— Oui, monsieur, comme ma sœur Charlotte.

— Alors, allez donc chercher le martinet. Ce que vous venez de dire là, ça vaut bien trente coups de fouet sur les fesses.

— Oh ! et quand je serai en sang, tu m'enculeras, dis ? fit-elle en riant. Penses-tu que je te prenne pour un homme à me fouetter ?

— Tu sais que je ne veux pas te dépuceler parce que je ne te reverrais plus et tu viens me branler ton pucelage sous le nez comme si je n'étais pas capable de le prendre ? Tu trouves que ça ne vaut pas le fouet ? »

Il était dit qu'avec les quatre femmes de cette famille j'irais de surprise en surprise. Mauricette devint sérieuse et me dit simplement.

« Donne-le-moi. »

Puis elle eut une petite crise qui rappelait à un moindre degré celles de Mauricette et de Teresa. Toute tremblante dans mes bras, elle reprit :

« J'ai envie que tu me fasses du mal.

— A toi, ma chérie ? à toi qui as quatorze ans et qui viens toute nue dans mon lit ? mais je serais un monstre !

— Tu m'en as déjà fait sans le savoir. Avant-hier je n'ai mouillé qu'avec ma salive quand tu m'as enculée. C'était bon. C'était comme si tu m'écorchais par-derrière et plus je souffrais, plus je me branlais.

— Comment, tu es si vicieuse que ça ?

— Non ; mais j'ai envie que tu me fasses du mal

pendant que je me branle, répèta-t-elle en allongeant les yeux et en me mordant la lèvre.

— C'est ton plaisir ?

— Prends-moi le bout des seins entre tes dents et serre ! Je te le donnerai, mon pucelage de devant, pour que tu me fasses mal avec ta queue, pour que tu le crèves et qu'il y ait du sang. Maintenant que j'ai bu ton foutre, je suis à toi. Serre-moi dans tes bras, je vais jouir. Serre-moi de toutes tes forces. Casse-moi... »

Décidément, pensai-je à part moi, Lili est la seule raisonnable. Les trois autres sont toquées.

Pourtant, je commençais à comprendre pourquoi Charlotte m'avait dit : « Cette gosse-là nous dégotera toutes les trois. » Charlotte à vingt ans était encore presque enfantine. Mauricette à quatorze ans était femme. Autant la sœur aînée avait l'esprit lent, autant la seconde avait les sens précoces, la chair prompte et l'instinct du vice.

On ne pouvait savoir encore ce que deviendrait Lili à la puberté. Mais cette année-là, ce jour-là, c'était Mauricette qui me rappelait sa mère de plus près.

Je voulais la faire parler et je lui dis un mot dont j'ai honte comme d'un crime. Il n'est pas de plus jolis vers latins que ceux où Tibulle sourit aux mensonges amoureux. Et je ne puis sourire à ceux que j'ai faits. Ceci est une confession. Je dis tout ; mais j'aurais plus de plaisir à inventer un conte où je me donnerais (et si facilement !) un rôle toujours sympathique.

Concevez l'âge de Mauricette, sa précocité, son ardeur... Imaginez par-dessus tout le sentiment illimité qu'elle devait avoir de son sacrifice ! et combien... Mais pourquoi vous le dire ? Vous ne m'avez déjà que trop condamné ! J'aimais bien Mauricette : je ne l'aimais pas comme on aime ; et, pour la faire parler, sans autre motif, je lui dis sur les lèvres :

« Je t'adore.

— Je t'adore aussi »., murmura-t-elle, sans savoir qu'elle répétait presque la réponse de Mélisande.

Et, comme il était aisé de le prévoir, elle parla ; mais tout de suite, sans transition. Mauricette avait des crescendos brusques semblables à ceux de Teresa :

« Tu ne m'as pas crue ? Eh bien ! tu le verras ! Tu me déchireras les fesses à coups de fouet et tu m'enculeras dans mon sang !

— Moi, je te ferai cela !

— Oui, tu me le feras si tu m'aimes. Je viens de faire pour toi ce que je n'avais jamais fait pour personne. J'ai avalé ton foutre... Tu n'as jamais fouetté une gosse ? Tant mieux ! Tu as horreur de ça ? Tant mieux ! Moi aussi, je t'apprendrai quelque chose ! »

Pas une seconde je n'eus la pensée d'y consentir ; mais, au lieu de répondre, j'interrogeai :

« Comment as-tu ce goût à ton âge ?

— Parce que je suis la fille de maman.

— Qu'est-ce que tu veux dire ? que tu lui ressembles par le sang ? ou qu'elle t'a...

— Qu'elle m'a dressée ? Dis-le donc ! C'est son mot. Oui, elle m'a dressée comme un chien savant. Et j'aime ça. Je voudrais en faire autant qu'elle.

— Comment s'y est-elle prise ?

— Oh ! ça n'a pas été long ! Comme elle a le même goût, elle a vu tout de suite que moi aussi... Alors, comme on fait au cirque, elle m'a exercée tous les jours avant de... Enfin, tu sais bien la manière de dresser les chiens ; ils font leurs tours avant de manger ; moi, c'était avant de jouir. Et peu à peu maman a vu jusqu'où... jusqu'où je pouvais aller... »

Je haussai les sourcils. Elle hésita et, de cette voix voluptueuse que prennent parfois les très jeunes filles :

« Tu veux que je te dise ? Ça m'excite presque autant d'y penser près de toi que si tu me le faisais.

— Et moi, j'aime cent fois mieux t'écouter que te battre.

— Me battre ? Si ce n'était que ça ! Tu ne connais pas maman ! »

Et, en phrases définitives, elle trancha sa famille comme il suit :

« Je ne peux pas faire comprendre à Lili que maman n'est pas une putain. Mais toi, je pense que tu l'as vu ? Charlotte est une bonne fille. Lili est une putain ; c'est la seule putain de nous quatre. Et maman est un miché. Quand elle donne une séance avec une de nous devant un client, c'est maman qui bande, c'est maman qui jouit... Et je suis comme maman ! ajouta Ricette. Moi aussi, je suis un miché et quand j'ai reçu ton foutre dans la bouche...

— Oh ! alors... Et tu vas me donner une bague ?

— Oui ! une bague toute neuve : mon pucelage de devant. »

Par la promptitude et la souplesse de sa repartie, elle était remontée d'un bond au point d'où ma stupide plaisanterie avait failli la jeter à terre. Et, vite, elle reprit son récit avec le même accent de joie :

« Tu le sauras comment elle s'y est prise, maman, quand elle a vu que... enfin que j'aimais ça. Elle m'a dit : C'est simple comme tout, nous verrons jusqu'où tu peux avoir mal sans que ça t'empêche de jouir ».

— Simple comme tout ! répétai-je. Et c'est elle-même qui te faisait mal ?

— Naturellement, dit-elle en toute innocence. Et elle m'en a fait plus que les autres, tu penses bien.

— Comprends pas.

— Voyons ! Charlotte ne t'a pas dit que personne au monde ne fait minette ni ne branle une fille comme

maman ? Alors, quand c'était maman, elle pouvait me martyriser et elle me faisait jouir quand même.

— Te martyriser ?

— Et comment ! Charlotte pleurait tout de suite et sortait de la chambre. Elle ne pouvait pas voir ça. Mais moi je ne pleurais jamais, je serrais les dents pour ne pas crier... Ah ! tu ne sais guère ce que tu vas entendre !... Regarde mes nichons. On n'y voit rien ?

— Je l'espère ?

— Parce que les aiguilles étaient flambées.

— Les aiguilles ?

— En me branlant comme elle branle et en s'arrêtant vingt fois quand j'étais sur le point de jouir, maman a été jusqu'à me planter trente-deux aiguilles dans les seins ! trente-deux ! avant que je lui dise : « Je ne peux plus ! »

— Ta mère !

— Ce n'est rien. Regarde encore mon pucelage. Il n'a pas de marques non plus ? tu vois si elle sait s'y prendre ? Eh bien, là, à l'endroit où c'est le plus sensible, elle m'arrachait les poils par touffe de quatre et ça me faisait plus de mal que les aiguilles... Mais surtout, ce que Charlotte ne pouvait pas voir, c'est quand maman s'arrêtait de me faire minette pour me mordre.

— Mordre ton pucelage ?

— Oui. Les lèvres. Oh ! ce que ça fait mal ! Les dernières fois elle les a mordues jusqu'au sang et alors... »

Ricette me jeta les bras autour du cou comme pour s'excuser elle-même et, après quelque silence, elle dit :

« Oh ! quoi ! tu la connais, maman ! Je te l'ai dit, c'est pas une putain, c'est un miché. Pendant qu'elle me suçait le sang, elle était comme folle, elle aurait eu besoin de Charlotte qui s'était sauvée..., alors maman se

branlait en serrant les dents et j'avais encore plus de peur que de mal ; je me disais : « Quand elle va décharger, elle arrachera le morceau ! »... Oh ! et puis flûte ! je t'en ai dit assez, puisque tu ne comprends pas ces choses-là.

— Pas assez, si tu veux que je comprenne. Donc, ta mère t'a enseigné l'art de jouir pendant que tu souffres et elle te l'a si bien appris que maintenant tu as besoin de souffrir pendant que tu jouis ?

— C'est ça. Tiens. je vais te dire encore quelque chose. Sais-tu comment je me branle à table ?

— Tu te branles à table ?

— Comme si tu ne savais pas que nous nous branlons toutes après le déjeuner ! Mais moi... Tu vas voir si j'aime à souffrir en jouissant !... Je me barbouille le bouton avec de la moutarde et je branle à travers. Et s'il y a de la salade de piment, j'y mets de la salade de piment. »

Mais elle était enragée ! Mais c'était la pire des trois !

Je posai une dernière question : « Et qu'est-ce que tu te laisses faire par les hommes ?

— Oh ! pas ce que m'a fait maman ! Avec les hommes, rien que le fouet et les verges. »

Elle allait sourire, mais baissa les yeux et prit une expression plus triste :

« Pauvre Charlotte !... Si tu nous voyais l'une près de l'autre dans ces moments-là !... Moi, je m'excite, je tends les fesses. Elle, au premier coup de fouet, elle pleure ; alors, comme je l'aime bien, je ne peux plus... Et on ne nous prend plus guère ensemble. Mais on me prend avec maman, parce que, pour ça, maman et moi, nous sommes tout à fait pareilles, tu le sais bien.

— Je le sais bien ? répétai-je sans comprendre.

— Oh ! »

Mauricette avait poussé le cri de sa franchise indignée

comme si je lui avais menti. Et soudain redressée, assise sur les talons, les genoux dans les mains :

« Il faut que j'apprenne ça aussi ? qu'avant-hier, maman est rentrée en me disant : « Il m'a empoigné les poils et il m'a fait si mal que j'ai failli décharger. »

— Si tu crois que je l'ai fait exprès !

— Et qu'elle m'a dit ce matin qu'elle avait réussi à se faire battre et que c'était plus difficile que de...

— Oh ! les coups de poing sur l'épaule et la flagellation, ça n'a aucun rapport.

— Pour toi ! dis pour toi ! mais pas pour maman. Comment, tu as couché trois fois avec elle et tu ne sais pas ce qu'elle aime ?

— Ses filles.

— Tu ne crois pas si bien dire ! Il lui faut une de ses filles sous elle quand on la fouette. Mais alors on peut tout lui faire. C'est effrayant. Elle crie, elle jouit, j'ai du sang dans les cheveux, du foutre sur la figure... »

Mauricette, échevelée, s'interrompit, agita la tête et se jeta sur moi :

« Si c'est vrai que tu m'aimes, si c'est vrai, je prendrai sa place, je me mettrai sur elle et tu m'enculeras dans mon sang pendant que maman me feras minette ! A son tour elle aura mon sang dans les cheveux et mon foutre sur la figure pendant que j'aurai ta queue, moi, ta queue dans le derrière... »

Je n'avais jamais vu Ricette aussi exaltée et je la croyais au paroxysme quand cette exaltation grandit encore devant la découverte d'une nouvelle infamie.

« Non ! dit-elle. Tu me dépucelleras en levrette sur la figure de maman ! »

Et elle avait dit cela d'un ton ! mais d'un tel ton que j'appris d'elle en cet instant ce que c'est que de recevoir un ordre.

Elle continua d'une voix brève et chaude.

« Tu aimerais mieux me baiser que de m'enculer, je le sais. Moi, j'ai envie que tu m'encules et que je me branle et que tu me fasses mal, mais, puisque tu aimes baiser, tu me baiseras. J'ai compris mieux que toi pourquoi tu n'as pas voulu : c'est que tu n'achètes pas les pucelages et que le mien est à vendre et que tu ne veux pas le voler ? Eh bien, non ! mon pucelage n'est pas à vendre. Je dirai ce soir à maman que je le donne et qu'elle verra bien à qui puisqu'elle aura la bouche dessous. »

Secouant sa tête et ses cheveux, elle sourit, et elle eut alors une explosion de sincérité qui me révéla ce que je ne soupçonnais pas :

« Tu crois qu'elle nous dira non ? Ha ! elle sera trop contente, la vache ! Quand je lui dirai que tu vas me dépuceler sur elle, qu'elle me verra bien saigner, qu'elle n'en perdra pas une goutte, qu'elle aura la gueule pleine de foutre et de sang, mais elle va se branler pendant quatorze heures... Je t'ai dit que je l'aimais bien ? oui, j'aime sa langue, son doigt, son corps, elle excite mon tempérament de miché. Et je t'ai dit que ce n'était pas une putain, elle non plus ! Non : mais c'est une garce. »

Le déchaînement de Mauricette m'étonna peut-être moins que n'avait fait celui de Charlotte. D'abord c'était pour moi une répétition de changement à vue, comme il l'est pour vous. Les Mémoires sont plus monotones que les romans ; il faut leur pardonner les erreurs de métier que la vie commet et qui nous désolent, parce que nous saurions si bien, d'un trait de plume, tout arranger ! La mie égale le crayon, disait M. Ingres. Ce mot de dessinateur devrait être un dogme pour les romanciers ; mais on ne doit pas l'apprendre aux mémorialistes.

Et puis... mais il faudrait avoir connu les deux jeunes filles... Elles offraient une série de contrastes que vous

n'auriez pas la patience d'entendre si j'avais celle de vous les dire. Dans sa quinzième année, Ricette piaffait à chaque mot et Charlotte à vingt ans n'était que langueur. La précocité de la plus jeune laissait place à moins de surprises que l'aspect las, passif, de la triste Charlotte.

D'ailleurs, je ne me crus pas permis de garder un silence distrait pour me livrer à un exercice de parallèle psychologique.

Il me fallait répondre. Je n'avais que trop attendu.

Une jeune fille était venue m'offrir son pucelage comme si c'était l'or, la myrrhe et l'encens. — Éternel malentendu ; les jeunes filles s'abusent un peu sur le plaisir que nous prenons à recevoir un tel cadeau ; et les jeunes hommes comprennent rarement que si les pucelles, par une erreur qui est une innocence, rêvent que leur présent vaut tout notre amour, c'est qu'elles nous offrent avec lui tout leur amour qui vaut bien le nôtre pour ne pas dire plus.

Donc j'avais prouvé à cette jeune fille qu'une imprudence nous séparerait à jamais et elle avait découvert un moyen de tout arranger. Moyen extravagant comme un théorème de géométrie dans l'espace, mais irréfutable à première vue, sinon par les principes de la chasteté que je ne pouvais plus sans audace ou plutôt sans ridicule invoquer à ma défense. Je répondis oui, avec tous les baisers de tendresse, d'empressement, de reconnaissance que chacun donne en pareil cas.

Le calme des commentaires que je viens de prolonger ici par distraction (car cette histoire ne m'excite pas du tout, j'aime mieux vous le dire, et j'écris ces pages avec la même tranquillité que si je vous contais comment j'ai appris la grammaire grecque)... Je suis même si distrait que je commence une phrase sans

pouvoir la finir, ce qui ne m'est jamais arrivé. Pour la beauté du fait, je ne la bifferai pas.

Bref, très probablement vous avez oublié que nous avons laissé Mauricette en délire, Mauricette changée en bacchante, échevelée, pourpre, convulsive, crachant des injures atroces contre sa mère et des obscénités qu'elle n'eût jamais dites une heure auparavant.

Mon « oui » changea de pôle son courant nerveux. Au contraire du philosophe antique dont parle Renan et dont le sperme était remonté au cerveau, le désir de Mauricette quitta son imagination et prit sa chair.

« J'ai envie de baiser, murmura-t-elle. J'ai envie de baiser parce que tu baises et que tu m'en donneras le goût. Est-ce vrai que j'ai avalé ton foutre ? Est-ce vrai que j'ai bu du foutre d'homme pour la première fois et que c'est le tien ? Qu'est-ce que c'est que baiser auprès de cela ?... Et n'aie pas peur de me faire mal ! Quand maman me fait minette, rien ne me fait souffrir, je ne sens que sa langue si je veux ; mais toi, plus tu me déchireras, plus je jouirai. »

Soudain, avec sa souplesse de métamorphose, elle releva la tête et me rappela d'un mot son âge véritable.

« Veux-tu jouer ?

— Oui ; mais pas à te dépuceler ?

— Si. On va jouer à me dépuceler par où je ne suis pas pucelle ! fit-elle en riant.

— Quelle gosse tu fais ! Et quel rire tu as ! Comment ! c'est la même Ricette qui vient de me raconter ces histoires de sang, de sperme, d'inceste, de saphisme, de sadisme...

— Oh ! et quoi encore ! En voilà des mots à septante-cinq centimes, comme disent les Belges !

— Tu as quatorze ans et demi ? Non. Il y a des minutes où tu as trente-neuf ans et d'autres où tu en as sept.

— Maman aussi. » »

Cette réponse me laissa muet. C'est un des mots les plus justes et les plus extraordinaires que j'aie entendus. Il me parut que Ricette pensait : « Tu es plus gosse que moi, sinon tu saurais bien que c'est vrai pour toutes les femmes et quel que soit leur âge. » Elle le pensa, mais ne voulut pas le croire, car les jeunes filles n'aiment guère à s'imaginer plus sages que leurs amants. Toute excellence qu'elles leur prêtent est même une excuse qu'elles se donnent de se laisser entraîner par tant de perfections. Et, sûres de s'en parer à leurs propres yeux, elles nous couvrent de qualités pour le seul plaisir d'être généreuses.

Cela dit, Mauricette reprit son idée :

« Tu m'auras pris deux pucelages sur trois. J'aurais voulu te donner aussi le troisième... ou le premier... celui que je n'ai plus... celui que j'ai laissé vendre... enfin le pucelage de mon derrière... tu comprends le français ?

— Et tu veux le refaire ? avec de l'eau d'alun ?

— Oh ! maquerelle ! fit-elle en riant. Ne crois pas que mon pucelage de devant soit refait. Les pucelages racommodés, on les vend très cher ; on ne les donne pas. »

Et elle rit aux éclats sur ce qu'elle venait de dire. Puis, se frottant à moi de tout son jeune corps, elle remonta en quelques mots jusqu'à un état moyen entre la gosserie et la lasciveté : deux mots presque synonymes.

« On va jouer. Oublie que tu m'as enculée avant-hier. Oublie-le.

— Je ne m'en souviens plus du tout.

— Je suis une gosse toute seule. Maman n'est pas là. Je ne sais rien, pas même ce que c'est qu'une queue. Toi, tu es un satyre et tu vas me violer par le trou du cul.

— Te violer ?

— Veux-tu jouer comme ça ? ou me répondre zut chaque fois que je te fais une proposition ?... Je dis « zut » parce que je suis putain. Si j'étais une jeune fille du monde, je dirais que tu me réponds merde.

— Ma Ricette chérie, fis-je en riant, ne me dis pas que tu es putain maintenant. Jamais je n'ai mieux compris ton petit tempérament de miché. Tu es vicieuse comme un vieux magistrat. Mais, moi, je suis incapable de violer une femme. La résistance me glace au lieu de me tendre. Jouer à violer... ce n'est qu'un jeu... Essayons... mais si je te rate ? j'en serai désespéré, tu m'en voudras et tu...

— Mais elles ne résistent pas, les pucelles qu'on viole ! fit Mauricette qui s'énervait. Je ferai comme elles, je ferai semblant de pleurer sur mon bras et j'ouvrirai les fesses.

— Et à quoi sentiras-tu que je te viole ?

— A quoi je le sentirai ? dit-elle en serrant les dents. Jamais je ne me suis fait enculer à sec ; tu vas me le faire et tu me demandes à quoi je sentirai que tu me violes ? à quoi je pourrai m'imaginer que tu me dépucelles ?

— Alors, répète-moi que tu le veux ! que c'est ton plaisir ! Sinon, je te jure que je ne pourrai pas.

— Je le veux ! je le veux ! je le veux ! fit-elle doucement les yeux grands ouverts. Viole-moi par le cul ! et plus je te crierai que j'ai mal, plus ça voudra dire que je t'aime ! »

Il m'est plus que pénible, vraiment, de raconter la scène suivante avec détails. Je ne le puis. Elle me fait honte. Je n'avais à aucun degré le vice que Mauricette me demandait de satisfaire. Il m'était arrivé de battre les femmes qui veulent être battues, mais ce n'est rien, ce n'est rien, auprès du souvenir que cinq minutes d'égarement...

Bref, quand j'eus « violé » Mauricette, je sentis par la chair mieux que je n'avais compris par la pensée combien le plaisir et la douleur étaient nécessaires à sa volupté. Je me rappelai la dernière de ses confidences ou plutôt de ses tentations, et, comme j'eusse effleuré une femme sensible aux caresses, je meurtris les lèvres si tendres de cette virginité qui aimait les morsures. Je les meurtris entre mes doigts, lentement, longtemps et plus cruellement sans doute que Teresa ne les avait mordues, car, après quelques minutes d'une endurance et d'une excitation sexuelle également extraordinaires, Mauricette éclata en sanglots. Je n'oublierai jamais cet instant de ma vie.

Ce ne fut qu'un instant. Aussitôt après, sanglotant toujours mais se retournant pour m'étreindre, elle me dit, elle me cria, bouche à bouche entre vingt baisers :

« Pardon ! pardon de pleurer ! pardon !... mais veux-tu te taire ! c'est moi qui suis honteuse ! Ah que tu me torturais bien ! c'était bon ! j'ai joui comme si je mourais ! et puis... je ne sais pas pourquoi... j'ai pleuré comme une bête !... c'est qu'aussi... c'est qu'aussi... »

Je l'entendis haleter, à croire qu'elle suffoquait ; puis elle sanglota de nouveau, me serra de toutes ses forces et avec un acccent admirable elle trouva ce cri d'amour :

« Jamais personne ne m'a fait aussi mal que toi ! »

XII

Trente heures s'étaient écoulées depuis la scène précédente. Teresa et ses filles avaient passé la nuit dans la banlieue chez une parente un peu putain, elle aussi, et d'autant plus empressée à les recevoir. Mais je savais

déjà qu'après une assez longue discussion, à laquelle toutes quatre avaient pris part, Teresa s'était rendue aux volontés de Mauricette. Je savais même en quels termes elle avait capitulé.

Ainsi que Mauricette l'avait bien prévu, Teresa s'était écriée :

« J'aime mieux le sucer que le vendre, ton pucelage, ma gosse ! J'aime mieux ouvrir la bouche dessous que de tendre la main à côté. Et ça n'empêchera rien. Je te le recollerai. Donne le vrai, nous vendrons le faux et tout le monde sera content. »

Ces sortes de cadeaux coûtent fort cher à ceux qui les reçoivent ainsi. Les moralistes s'accordent sur ce point : quand un jeune homme se laisse donner par une mère le pucelage d'une fille qu'elle espérait vendre, il doit une assez belle bague à la jeune personne, un présent de la même importance à la mère et une action de grâces à Dieu.

Si la jeune fille a deux sœurs, c'est plus amusant, et plus cher encore. Une bonne fortune ainsi triplée ruine en six semaines un étudiant.

Mais autant les jeunes gens grugés gardent l'amertume d'avoir été dupés, autant les autres ont de plaisir à se dépouiller librement pour ces courtisanes sans calculs qui donnent tout, risquent tout, semblent ne rien attendre et nous devoir chaque jour quelque tendresse de plus. Ah ! qu'elles ont parfois de délicatesse à recevoir ce qu'elles n'ont pas espéré, à multiplier leur reconnaissance comme pour repousser la nôtre et à ne modérer que leur surprise en présence de nos cadeaux, par une sensibilité suprême de leur tact.

Le rendez-vous était pris, non plus chez moi, mais chez Teresa dont l'installation venait d'être terminée. Je traversai le palier à dix heures du soir.

La mère et les filles me reçurent toutes nues, ce qui me donna moins d'étonnement que d'embarras.

Connaissez-vous une situation plus digne de pitié que celle d'une jeune homme chambré par quatre femmes auxquelles il a dit « Je t'aime » et qu'il ne peut aborder avec une respectueuse et lointaine déférence par cette raison que leur nudité l'invite à quelques approches ?

Quand je les eues embrassées toutes avec divers attouchements que la morale chrétienne réprouve mais que les femmes nues accueillent assez bien, Teresa prit Mauricette par les épaules et, avant toute autre question, elle me dit :

« C'est vrai que tu as réussi à te faire sucer la queue par cette gosse-là ? et que tu lui as déchargé dans la bouche ? et qu'elle a tout avalé ? Elle qui n'avait jamais pu ! Est-ce que tu es sorcier ?

— Non ; mais c'est plus facile avec elle qu'avec Votre Altesse, madame. »

Mauricette fut ravie de cette réponse, et Teresa, les mains sur les hanches, reprit avec bonne humeur :

« Voilà ce que je me fais dire ? à moi qui ai sucé trois mille hommes dans mon existence !

— Pas celui-là ! dit Lili. Tu es la seule de la famille qui ne connaisse pas le goût de son foutre. Même Ricette ! même Ricette l'a sucé avant toi ! ça, c'est épatant !

— Et tu veux me dépuceler cette enfant ! poursuivit Teresa.

— Oh ! là ! là ! cette enfant, répéta Lili. Si j'avais autant de poils au ventre qu'elle en a entre les fesses...

— Ta gueule, toi, blanc de bidet ! C'est sérieux de prendre un pucelage. Regarde Charlotte, si elle a envie de rire. »

Et Charlotte qui retenait ses larmes se jeta sur un divan pour pleurer. Je pris cette occasion de la rejoindre et de lui dire quelques mots affectueux. Elle était si pitoyable... Mais Teresa m'interrompit :

« Laisse donc ! tu ne connais pas Charlotte. Quand elle aura fini de pleurer elle se branlera et quand elle aura fini de jouir elle aura envie de pleurer. C'est comme ça du matin au soir, je crois qu'elle jouit des larmes et qu'elle pleure du foutre. Mais tiens ! mais tiens ! qu'est-ce que je disais ? »

Et en effet Charlotte, essuyant ses larmes de la main gauche, avait déjà la droite entre ses cuisses. Au mot de sa mère, elle ouvrit les yeux, vit les nôtres fixés sur elle et dit en se relevant :

« Oh ! si vous me regardez tous... »

Mollement, elle glissa la main dans un tiroir, y prit deux godmichés qu'elle se planta l'un après l'autre par-devant et par-derrière, puis recouchée sur le divan, mais les cuisses très écartées, elle remit son doigt en mouvement, et dit avec un triste sourire aux lèvres :

« C'est plus curieux maintenant ? »

On la laissa tranquille. Teresa reprit Mauricette par les épaules, lui arrangea les cheveux et lui redressa la taille comme si elle l'offrait à un riche amateur, et elle répéta :

« Tu veux me dépuceler cette gosse qui a quatorze ans !

— Oui, c'est juré entre elle et moi. Nous avons une dispense de l'archevêque.

— Mais entre toi et moi qu'est-ce qui sera juré si je te la donne ?

— Je ne sais pas du tout. Dis-le.

— Tu ne vas pas faire un enfant à cette enfant-là ? Elle décharge comme une enragée. Ça prendrait du premier coup, tu m'entends ? Gare à toi, j'aurai la

figure dessous et si tu lui lances une goutte de foutre, je te châtre.

— Ne fais pas ça. Je jure d'être sage.

— Alors, où te finira-t-on ?

— L'embarras du choix...

— Ma bouche ? voilà une occasion.

— Ah ! cria Mauricette. J'en étais sûre ! C'est parce qu'il aura la queue toute rouge de mon sang ! c'est pour ça ! je lui avais bien dit que tu n'en perdrais pas une goutte ! que tu fourrerais ta langue dedans ! que tu aurais la bouche pleine de sang et de foutre !

— Hein ? crois-tu qu'il est temps de la dépuceler ? me dit simplement Teresa.

— Oh ! oui, qu'il est temps ! répéta la petite. Maman, laisse-moi lui dire un mot pour lui tout seul. »

Pour être plus sûre de me parler en secret, Mauricette m'entraîna dans une autre pièce et ferma la porte. Si nous nous embrassâmes, je le laisse à penser.

« Ma nuit de noces ? dit-elle gentiment.

— La mienne aussi.

— Tu m'aimes bien ! Je t'aime tant !

— Je t'aime de tout mon cœur.

— Tu vas me faire mal ?

— Mauricette !

— Dis-moi que tu me feras plus mal qu'hier ! plus mal qu'hier ! Enfonce tout ! déchire-moi ! fais-moi saigner comme un bœuf ! »

Elle allait continuer sur ce ton, peut-être, quand la porte s'ouvrit. Teresa reparut et, comme si elle avait entendu la première phrase de Mauricette :

« Ne vous excitez pas, mes enfants ! dit-elle. Je ne vous marierai qu'à minuit.

— Oh ! pourquoi ? fit Ricette avec colère.

— Et vous êtes vraiment aussi gosses l'un que l'autre si vous ne devinez pas pourquoi ! »

Comme mon éducation lui importait moins que celle de sa fille, ce fut à Ricette qu'elle s'adressa :

« Comment ! une grande fille comme toi, tu ne réfléchis pas qu'au premier coup les hommes se retiennent moins bien qu'au second ? Et tu crois qu'on va te dépuceler comme on passe à travers un cerceau de papier ? Depuis le temps qu'on t'y fourre les doigts, penses-tu que tu serais encore pucelle si je ne t'avais pas fait un pucelage en cuir, comme le trou du cul ? »

Ricette rougit, piquée de recevoir une leçon devant moi ; mais Teresa n'avait pas fini.

« Qu'est-ce qui arrivera si je vous laisse faire ? Ou bien après cinq minutes d'efforts il jouira dans tes poils et tout sera manqué. Ou bien il sera tellement énervé de se retenir qu'au moment où il entrera... Tiens ! ah ! tiens ! tout pour toi !... Je lui couperai les couilles, mais trop tard. As-tu compris ? »

C'était le langage de la sagesse avec un vocabulaire qui, pour n'être pas celui des sermons, avait néanmoins de la force et même une certaine éloquence. En criant ce : « Tiens ! ah ! tiens ! » Teresa ignorait sans doute qu'elle introduisait une prosopopée dans son discours, mais il n'est pas nécessaire de connaître par leurs noms les figures de rhétorique pour les mettre comme Bourdaloue au service de la persuasion.

Fut-ce l'apostrophe, l'hypothèse, l'exhortation ou la prosopopée qui l'emporta ? Je ne sais. Ricette baissa la tête et demanda seulement :

« Alors ! Qui aura le premier coup si je n'ai que le second ?

— Rentrez. On tirera au sort. »

Oh ! cette fois la rhétorique manquait trop à une telle réponse.

Mauricette devint furieuse et passa brusquement aux pires excès de langage :

« Ah ! non ! vous vous foutez de moi toutes les trois ! C'est mon amant ! C'est moi qui l'ai trouvé ! C'est moi qui l'ai fait bander la première ! J'ai eu l'honnêteté, la connerie de vous le dire et depuis trois jours vous mouillez dessus, et ce soir où il me dépucelle il faut encore que j'aie vos restes ? »

Et comme Teresa souriait, sans émotion ni surprise, Mauricette folle de colère fit alors une scène effroyable. Les paroles passent tous les actes. Je n'avais jamais imaginé qu'une fille, même dressée aux vices, pût dire de pareils mots à sa propre mère. Elle articulait au hasard, d'une voix sans suite, sans raison, pour la joie de lancer les injures dans le désordre et l'incohérence où elle les avait mâchées :

« Ne me touche pas ! je t'emmerde ! je t'emmerde ! et je foutrai le camp cette nuit ! Je t'emmerde, sale vache ! sale grue ! sale gousse ! sale enculée ! sale maquerelle ! sale putain ! Tu ne veux pas qu'on t'appelle comme ça ? Putain ! Putain ! Putain ! Putain ! Putain ! Putain ! Putain ! Putain ! Putain ! Putain !! Fille de putain ! Mère de putains, gousse de putains, branleuse de putains. Je ne suis pas une putain, moi, je suis une pucelle ! Tu as laissé vendre ton pucelage par ta putain de mère, mais moi je ne suis pas une andouille comme toi ! je ne te laisse pas vendre mon pucelage, je le donne ! Tiens, regarde-le, sale maquerelle ! regarde-le, ma garce ! tu en voulais cent louis, tu n'en auras pas cent sous ! tu n'en auras que du foutre et du sang dans la gueule ! »

Debout, les cuisses écartées, la tête en avant, elle ouvrait des deux mains les lèvres de son sexe. Puis elle les referma et parla plus vite de la même voix sourde et haineuse.

« Oui, j'en ai assez de montrer mes nichons dans ton bordel d'enculées ! dans ton bordel de suceuses et de putains à tout faire ! J'en ai assez de te voir à table

ramener un filet de foutre à la pointe de ton cure-dents et rire quand tu ne sais plus qui tu as pompé ! J'en ai assez de coucher dans les draps où il n'y a pas une place de sèche, parce que tout le bordel y décharge, les michés, les maquereaux, les gousses et les putains ! J'en ai assez de trouver sur ma toilette une serviette où il y a de la merde, chaque fois qu'un de tes amoureux s'est essuyé la pine dedans. Vache ! Ordure ! Fumier ! Chameau ! Fille de garce ! Moule à bites ! Gueule de chiottes ! Marchande de chaude-pisse ! Lécheuse de derrières ! Avaleuse d'étrons ! Bouffeuse de vérole ! Compte sur moi maintenant, ma salope ! compte sur moi pour friser les poils de ta connasse ou pour te passer le bâton de rouge sur le trou du cul ! Je ne veux plus de ta langue ni de tes sales tétons pour me torcher ! et je te chie ! je te chie, maman ! »

Ce dernier mot, ce « maman » me fit tressaillir. Mauricette faillit venir à moi, mais voyant l'ahurissement avec lequel je l'écoutais, elle tourna court et se jeta sur un lit, la tête dans l'oreiller.

Durant toute cette terrible scène je n'avais regardé que Mauricette. Quand je levai les yeux et les mains vers Teresa pour l'empêcher de tuer sa fille comme je pensais qu'elle allait le faire, je la vis aussi tranquille que si elle avait dirigé une répétition de théâtre. Elle frappait sa paume du bout des doigts pour simuler sans bruit un petit bravo et elle dit tout bas avec un long sourire, étonnée de ma pâleur :

« Est-ce que tu ne comprends pas ce qu'elle veut ? »

Où avais-je l'esprit, en effet ? Je n'y pensais pas. Mais la phrase était claire, je répondis précipitamment.

« Non ! oh ! non ! jamais devant moi !

— Bien. Va-t'en. Laisse-moi seule avec elle.

— Pas ce soir, je t'en prie. Pas ce soir. »

Teresa poussa un soupir et, avec une patience qui ne lui était pas coutumière, elle dit entre ses lèvres :

« Ah ! les amoureux !... Eh bien ! reste, toi. Mais tu seras sage ! C'est promis ? »

Et je demeurai seul avec Mauricette.

Il y eut vingt minutes d'entracte, puis nous rentrâmes et, sans élan mais sans bouderie, la mère et la fille s'embrassèrent comme si rien ne s'était passé.

Et ainsi qu'une élève du Conservatoire saute de la tragédie à la comédie, Mauricette, aussi gaie maintenant qu'elle venait d'être furibonde, improvisa un boniment forain avec une étonnante facilité de parole :

« Madame et mesdemoiselles, voici la jeune sauvagesse annoncée à l'extérieur. Elle se présente à vous toute nue selon la mode de son pays. Rien n'est faux ni truqué : prenez l'objet en main ; les cuisses ne sont pas rembourées ; le ventre est garanti, mesdames, en véritable peau de pucelle ; il y a un peu de crin dans les fesses, mais c'est pour l'ornement. Vous voulez tâter les nichons, mademoiselle ? tâtez, ça ne coûte rien. Tirez les poils, voyez qu'ils ne sont pas collés, ni sur le con, ni sous les bras. C'est la vraie, l'inimitable, la célèbre Mauricette dont vous avez lu le nom sur l'affiche.

« Cette jeune sauvagesse, mesdames et monsieur, a des particularités tout à fait extraordinaires. Elle fait l'amour par le trou du cul... Vous n'avez pas bien compris, mademoiselle ?... Quand elle a sur elle un homme qui bande, elle baise pas comme vous, elle se retourne avec grâce, elle prend délicatement la queue et elle se la met dans les fesses comme toutes les femmes de la famille, ce qui ne l'empêche pas de décharger mieux que vous, mademoiselle, avec moniche sans poil ! Qu'est-ce que vous avez à vous tordre ? Quand on rit devant la sauvagesse, elle devient enragée et mange les petites filles sous le ventre. »

Lili était malade de rire. Charlotte riait aussi, mais Teresa était la plus heureuse des trois ; évidemment, la scène précédente n'avait eu pour elle aucune espèce d'importance. Mauricette, animée par le succès, reprit son monologue de parade :

« La sauvagesse que vous avez sous les yeux, mesdemoiselles, porte son pucelage entre les pattes. Il ne se voit pas, tellement sa taille est cambrée par l'habitude qu'elle a de présenter le derrière. Mais pour un léger supplément de cinquante centimes par personne, elle va vous montrer le phénomène de près... Tout le monde a payé ?... Nous avons l'honneur de vous présenter le pucelage de la sauvagesse. Approchez. N'ayez pas peur ; il est très rouge, mais il n'est pas méchant. La jeune indigène s'adonne à la masturbation avec les raffinements féroces des jeunes filles cannibales ; elle se met de la moutarde au bout du doigt quand elle se branle, et alors... Oh ! madame, vous croyiez que son pucelage rougissait par pudeur ? Non, c'est l'onanisme qui le fait rougir. N'y touchez pas, mademoiselle ! vous allez la foutre en chaleur ! Regardez, mais ne touchez pas ! et maintenant écoutez, mesdames et monsieur, le programme de la séance.

« A la fin du spectacle, dépucelage solennel de Mauricette devant l'honorable assistance. La jeune sauvagesse se présentera en levrette... Cela vous choque, mademoiselle ? Les jeunes filles qu'on encule aiment cette posture-là. Elle se présentera donc en levrette sur la figure de sa maman et entre ses deux sœurs, émues, qui vont sangloter, se branler, s'embrasser, pousser des cris... Mais ceci n'est rien, mesdemoiselles. Nous commençons la représentation par un numéro inédit, un excercice tout nouveau que la célèbre Mauricette a répété hier et qu'elle donne au public pour la première fois.

— Sucer ? cria Lili qui battit des mains. Oh ! ça, pour Ricette, c'est plus épatant que de la dépuceler !

— Oui, mesdames, l'affiche ne ment pas. Pour la première fois la jeune sauvagesse va sucer publiquement un homme. Au lieu de le faire décharger en l'air, elle le laissera jouir dans sa bouche ; et au lieu de cracher comme vous faites (c'est très vilain, mademoiselle), la célèbre Mauricette avalera le foutre en se léchant les lèvres avec un gracieux sourire, pour avoir l'honneur de vous remercier.

— Crois-tu que c'est une fille du cirque, celle-là ! » me dit Teresa, toute fière.

Sans doute, mais c'était aussi la seule des trois qui eût appris le français dans un pensionnat avec assez de littérature pour donner à son bagou le tabarinesque.

Vivement Ricette vint me chuchoter quelques mots à l'oreille. je lui répondis : « Si tu le veux. » Alors tout haut, spontanément, devant moi, devant ses sœurs, elle fit à la mère une sorte d'amende honorable.

« Tout à l'heure, j'ai été vache avec toi, maman. On fera la paix comme ça : il va te baiser la première.

— Moi ? fit Teresa.

— Oui, toi sur moi, comme ensuite moi sur toi. Et je le finirai dans ma bouche, maman ; et j'aurai ton foutre en même temps que le sien.

— Hein ! quel amour de gosse ! me dit Teresa en la serrant dans ses bras. Vois-tu que je la connais mieux que toi ? »

XIII

Lili n'en croyait pas ses oreilles :

« Quelle séance ! non ! Ricette qui suce ! maman qui baise ! et un dépucelage à la fin ! On n'en ferait pas autant devant le roi d'Angleterre !

— Est-ce rare, ça, « maman qui baise » ! répéta gaiement Teresa.

— Je te crois ! dit la gosseline. T'as même pas baisé pour me faire ! »

La réponse était juste, prompte, et dite sur un ton assez drôle, mais le fou rire qui l'accueillit fut hors de toute proportion avec la valeur du mot. Charlotte, qui larmoyait depuis une heure, eut un accès d'hilarité coupé de gémissements comme si elle souffrait plus de rire que de pleurer. Teresa poussa des cris et se retint à elle pour ne pas tomber. « Soutiens-moi, Fabian ! » Ricette elle-même... Le rire est contagieux. Ricette éclata la dernière. Et Lili resta seule à rire modérément de sa repartie. Aussi commençai-je de croire qu'elle serait un jour sans peine la plus spirituelle des quatre.

Ricette, ex-pensionnaire pour qui l'arithmétique n'avait plus de secrets, lança des chiffres et par la science des nombres nous ramena aux questions sérieuses :

« Maman est enculée en moyenne trois fois par jour. Ça fait onze cents fois par an.

— Et le pouce ! dit Charlotte.

— Et les godmichés ! dit Lili.

— Et les nuits comme celle de Noël dernier où elle l'a fait dix-huit fois.

— Je dis : en moyenne onze cents fois par an. Elle a

commencé à huit ans ; elle en a trente-six. J'ai compté. Ça fait plus de trente mille enculades.

— Trente mille ! s'écrièrent-elles toutes ensemble.

— Et elle baise une fois par an oui à peu près.

— Oh ! je n'ai pas baisé trente fois dans ma vie entière ! déclara Teresa. La dernière nuit où ça m'est arrivé, c'était quand, Charlotte ? C'était l'autre été, au mois de juin ? Ah ! tu peux le dire, fit-elle en se tournant vers moi ! Je suis presque aussi pucelle que Mauricette. Charlotte est comme moi. Il n'y a que Lili qui baise dans la maison.

— Maman, maman, maman ! dit Ricette impatiente. Est-ce que nous commençons ? »

Le consentement qu'elle obtint ne suspendit ni ses pensées ni ses paroles. Elle semblait soucieuse. Elle ne se couchait pas. Abandonnant l'arithmétique pour s'attacher à un curieux problème d'érotologie, elle regarda sérieusement sa mère et dit :

« Pouvons-nous ?... Je ne suis pas fâchée de savoir si c'est possible, mon programme... Faire minette sous une femme qu'on encule, ça n'est déjà pas commode ; mais sous une femme qui baise... surtout si on la dépucelle... Jamais ta langue ne me touchera le bouton.

— Je ne l'ai jamais fait, dit Charlotte ; mais on baise si peu ici...

— Moi, je le ferais ! dit Lili.

— Oh ! toi, tu es disloquée. »

Teresa prit un temps, comme une institutrice qui cherche une formule d'enseignement accessible au cerveau d'une adolescente, et répondit sans se hâter :

« Combien de fois t'ai-je dit que les positions, c'est l'affaire des femmes, ça ne regarde ni les hommes ni les gousses. Alors, dans la posture que nous allons prendre, c'est à la femme de dessus à se placer comme il faut. Ce n'est pas la langue de dessous qui pourra lui

chercher le bouton si elle creuse le ventre et si elle fait le gros dos.

— Crois-tu que je saurais ce que je fiche, à ce moment-là !

— Allons ! Allons ! regarde d'abord comment je m'y prends et quand ce sera ton tour je saurai bien te guider. »

L'obscénité avec laquelle Teresa ouvrait sa croupe en levrette m'était déjà bien connue. Levrette est vraiment trop peu dire. Le mot d'ourse conviendrait mieux. Elle n'était que poils par-derrière. Comme elle avait les fesses très très belles et les cuisses fort bien dessinées, on n'osait lui faire mentalement le reproche d'être plus velue qu'une autre femme, et, n'eût été l'impudence de sa posture, on se serait figuré que plutôt elle imposait son esthétique.

Malgré la réserve et la modestie de mes exercices amoureux comme de mon langage mes scrupules de moralistes ne vont pas jusqu'à m'interdire de baiser une mère sur sa fille et de déflorer ensuite la fille sur la mère. Je ne l'ai fait qu'une fois, mais je le recommencerai volontiers si l'occasion s'en présente. Parierai-je pour un instant à la jeune fille qui tient ce livre et lui dirai-je comme eût dit Mauricette : « Je ne vous choque pas, mademoiselle ! Si votre mère a trente-six ans, si elle est belle, si vous l'aimez assez pour lui faire ce que vous faites à vos petites amies, vous comprendrez la scène suivante... Et si vous êtes une ingrate, si vous n'avez jamais donné du bout de la langue un frisson de plaisir aux chairs qui souffrirent tant pour vous mettre au monde, rougissez de vous et non de ce que vous lisez. »

J'acceptais donc Teresa sur Mauricette et même sous elle. Son rôle ne me paraissait vraiment ni superflu ni désagréable... Mais deux rôles que j'eusse coupés si

j'avais inventé cette histoire, c'étaient ceux de Lili et de Charlotte. Elles ne servaient à rien ; Charlotte me troublait par son émotion, Lili par son petit rire et toutes deux ensemble par leur bavardage, leur curiosité, leurs conseils ou simplement par leur présence. Je les aurais voulues au diable pour un quart d'heure.

Dessinons tout d'abord le groupe tel qu'il se forma.

Ricette couchée sur le dos, Teresa enjamba son visage et tête-bêche avec sa fille elle s'offrit à moi dans la posture ouverte que j'ai décrite un peu plus haut.

Le saphisme double et simultané n'est pas apprécié de toutes les lesbiennes. L'homme qui baise peut seul donner la volupté en goûtant la sienne sans perdre la tête. Aux approches du plaisir, la femme est incapable de diriger le spasme qu'elle voudrait donner en échange. Aussi, de deux amies qui se placent tête-bêche, il n'y en a qu'une qui jouit ; mais, comme le cœur des femmes damnées est semblable au cœur des saintes, la lesbienne qui fait jouir et qui ne reçoit rien est la plus heureuse des deux.

Une autre nuit, et dans une telle posture, la langue de Teresa eût mis en une minute Mauricette hors de combat. Cette fois, rien ne pressait, tout au contraire. Teresa ne donna que de vagues baisers et laissa Ricette en pleine possession de ses facultés actives.

J'attendis...

La petite écartait des deux mains les poils et les lèvres ; elle relevait la tête avec effort, précipitait et appuyait sa langue autant que possible pour hâter le moment où elle me dirait... car ce fut elle-même qui me dit :

« Viens, maintenant. »

Les larges gouttes de pluie qui annoncent l'orage commençaient à pleuvoir sur les joues de Mauricette. Quand je me présentai, Lili ne put se retenir de répéter tout bas :

« Oh ! maman qui baise ! »

Je m'introduisis facilement, ne craignant qu'une chose : que la fougue de Teresa ne me laissât pas maître de moi. Mais Teresa n'oublia pas un instant... qu'elle n'était pas là pour s'amuser et qu'elle se faisait maîtresse de postures.

Aussi donna-t-elle le pas à la pédagogie sur le divertissement. Le tout dans son style ordinaire :

« Tiens, ma gosse ! regarde comme je te le donne ! L'as-tu, mon bouton ? L'as-tu ? Tu vois bien que les couilles ne te gênent pas et que ta langue me touche... Tout à l'heure tu feras comme moi, tu iras au-devant de ma langue et tu ne bougeras pas, m'entends-tu ? Si je ne me retenais, en ce moment, je donnerais des coups de cul partout et je perdrais ta langue comme je voudrais. J'ai une envie de décharger qui me coupe le derrière en quatre et une salope de queue qui se trompe de trou... qui me baise... Mais tiens... tu vas voir si je ne suis pas foutue de jouir sans bouger... »

En effet, elle resta frémissante et à peu près immobile. Mauricette fut inondée. Moi aussi ; mais je pus me retirer sans avoir perdu ce qui était nécessaire à la seconde partie du programme.

Cela est assez curieux : cette seconde partie intéressa tout le monde plus que moi et mit les quatre femmes dans un état d'excitation que je ne pus atteindre, moi qui étais pourtant le mieux partagé.

Charlotte et Lili se pressaient pour voir, parlaient sans cesse et devenaient bien importunes.

Mauricette, pourpre et agitée, s'essuyait le visage que sa mère avait trempé, mais non pas de ses larmes. Elle était doublement émue, étant deux fois débutante par l'acte qu'elle allait tenter de réussir et par le spectacle qu'elle en donnait.

« J'ai le trac et j'ai envie de jouir, dit-elle, j'ai peur de rater.

— Au contraire, dit Teresa ; plus tu auras envie de jouir et mieux tu réussiras. Pour te regarder je ne peux pas te faire minette ; mais veux-tu que je te branle ?

— Oui, maman.

— Et, si tu veux m'en croire, laisse-toi foutre en chaleur, petite sauvagesse, avec un peu de moutarde par le trou du cul.

— Oh ! fit Ricette en levant les yeux au ciel. Je serai folle... Alors ne me branle pas... Touche-moi seulement... Ne me fais pas jouir avant lui surtout !... Tu me branleras quand je te ferai signe... »

Elle tourna sur elle-même et, pendant que sa mère quittait la pièce, elle se jeta tendrement dans les bras de sa sœur aînée avec un : « Oh ! Charlotte ! Charlotte ! » qui semblait lui demander toute son indulgence et son encouragement. Tout cela et le reste, Charlotte l'eût donné pour rien ; mais Ricette voulut le mériter. Après un baiser langue à langue, elle lui dit :

« Ma Charlotte ! un petit peu de ton foutre à toi aussi ! »

Et, jetant sa sœur sur le divan, elle lui fourra les lèvres entre les cuisses.

« Ben vrai ! dit Lili. Quand tu auras tous ces foutres-là dans la bouche, ça finira par faire un gosse ! »

Mais cette fois je fus seul à rire. Teresa qui rentrait et ses deux autres filles étaient beaucoup trop excitées pour changer de visage.

Et ce qu'avait accepté Mauricette fut réellement accompli. Elle-même, debout, se pencha en avant, creusa les reins, ouvrit les fesses et se laissa faire ce que font avant les courses les éleveurs aux taureaux de combat. Je ne sais quelle moutarde poivrée Teresa lui

mit dans l'anus, mais Ricette en eut de violentes secousses et, touchant du doigt ce qui la brûlait, se passant l'autre main sur le front, elle gémit :

« Pourquoi m'as-tu fait ça ? maintenant j'ai envie qu'il m'encule !

— Pas de moutarde ! fit Teresa.

— Alors, toi ! ou Charlotte ! un godmiché au moins. Ah ! que j'ai peur de jouir !

— Mais suce-le donc tout de suite ! qu'est-ce que tu attends ? »

Mauricette se précipita et, sur le point de commencer, me dit de sa voix la plus ardente :

« Tu m'enculeras tout de même, dis, cette nuit ? avant de me dépuceler... j'enlèverai la moutarde, tu ne sentiras rien... Ah ! mais c'est du feu qu'elle m'a mis dans le cul ! Ah ! que j'ai envie d'une queue par là !... Qu'est-ce qu'on me fait maintenant ?... Ah ! c'est toi ? »

Sa mère lui avait introduit un godmiché qu'elle tenait simplement à la main. Ricette se souleva. Je ne pus voir si elle se sentait soulagée ou irritée davantage, mais elle cria :

« Je n'avais pas besoin de ça pour l'aimer, ton foutre ! Je n'avais rien dans le cul, hier, quand tu m'as joui dans la bouche ! Dis-le à maman !... Et fais-m'en boire encore ! vite ! j'ai soif ! j'en veux ! »

Elle me prit avec tant de voracité que je sentis ses dents plus que ses lèvres. Je ne voulus pas le lui dire devant la jeune Lili qui se serait moquée de son inexpérience, mais je hâtai mon plaisir et je n'oubliai pas de l'avertir à temps.

Mauricette, écarlate, réussit brillamment ce petit travail qu'elle exécutait pour la première fois en présence de sa famille et qui était pour elle, selon le mot de Lili, « beaucoup plus épatant que de se faire dépuceler ». Elle donna malheureusement une seconde preuve

de son inexpérience en voulant, par excès de zèle, prolonger cet exercice au-delà de ce que mes nerfs pouvaient supporter. Mais alors la pauvre petite ne savait plus du tout ce qu'elle faisait. Teresa, qui ne la quittait pas du doigt, avait réglé, retenu, puis lâché le spasme de sa chair aussitôt après le mien et la débutante égarée, presque évanouie un instant, eut à peine conscience du succès que lui firent sa mère et ses sœurs.

Avec un faible sourire, elle ouvrit la bouche pour que l'on vît bien qu'elle avait tout absorbé ; puis elle retomba épuisée dans mes bras.

Lili, si nue et mince et glabre, se croisa les bras devant Teresa vêtue de poils, qui portait ses tétons sombres comme des bijoux orientaux. Ce contraste de nudités était pour moi sans précédent, même en art, en littérature... C'était Tsilla devant Hérodiade ou bien sainte Espérance devant Théodora, qui ne se sont point rencontrées.

Et Lili, prenant un air de résignation comique, soupira :

« Sommes-nous cocues, hein, maman ? Elle vient nous sucer notre amoureux sous le nez et elle ne nous rend pas une goutte de foutre !

— Attends ! j'en aurai au second coup.

— T'en auras ? je te félicite. Mais moi je peux me brosser la fente et regarder si mes poils poussent. »

Les métaphores de Lili étaient souvent personnelles, mais elles valaient mieux encore par l'aisance qu'elle savait donner à leur improvisation.

Or Teresa possédait ses filles corps et âme, comme eût dit un romantique. Devinant leurs pensées aussi bien que leurs désirs, elle sentit que Lili agaçait Mauricette et qu'à son âge elle était incapable de comprendre l'état de sa sœur.

Ici encore les plus hautes autorités philosophiques

résolvent la question sans débat et presque dans les mêmes termes, car les théoriciens se dérobent entre eux non seulement leurs idées mais l'expression d'icelles. « Une jeune courtisane impubère qui s'exerce au coït anal est excusable de méconnaître le double égarement physique et moral qu'éprouve une adolescente nubile la nuit où elle ouvre les cuisses pour offrir sa virginité. » Telle est la vieille formule d'Erasme, tant de fois copiée depuis et qu'on retrouve dans tous les manuels.

Teresa n'avait que deux moyens de faire taire Lili ou de clore l'incident. Elle lui en donna le choix :

« Veux-tu te coucher, insecte ! Sais-tu l'heure qu'il est ? »

Ici, Lili fit un geste... Oh ! je ne conseille pas à mes jeunes lectrices de répondre ainsi à leurs parents ! Elle tourna le dos, présenta les fesses et ouvrit la main comme pour un pied-de-nez, en se fourrant le pouce dans le derrière.

Teresa lui donna de la main deux claques sonores au même endroit, puis l'enleva dans ses bras toute légère, se la frotta sur les seins, la fit rire et lui dit :

« Tu ne veux pas te coucher ? tu veux voir dépuceler Mauricette ? Eh bien ! fais-nous des intermèdes. Va te costumer. On t'attendra. »

Si putain qu'elle fût, la petite Lili était trop naïve pour comprendre qu'on voulait se débarrasser d'elle. D'un saut joyeux, elle quitta la chambre...

Teresa nous sourit, à Ricette et à moi. Puis elle se retourna... Elle regarda Charlotte... et la scène qu'elle fit me fut plus pénible peut-être que celle dont j'avais toujours les accents dans l'oreille et que Ricette en fureur lui avait infligée. Que se passa-t-il dans son esprit ? je ne sais. Par un sentiment plus humain que maternel, eut-elle besoin de rendre à l'une de ses filles les injures qu'une autre lui avait dites ? Ou s'énervait-

elle plus que nous tous au « programme » de Mauricette ? Elle éclata. Elle cria, dès le premier mot :

« La salope ! elle se branle encore !

— Oh ! maman ! dit Charlotte. Tu baises, tu jouis ; Ricette apprend à sucer ; tu la fais jouir, tu lui fourres de la moutarde et un godmiché dans le derrière, je vois tout ça, je n'ai personne, et tu ne veux pas que je jouisse après vous ?

— Après nous ? mais tu l'avais fait avant ! Ricette a eu un godmiché dans le derrière ? toi, tu t'en es planté deux ! par les deux trous ! parce que tu n'as que deux trous ! Si tu avais cinquante trous dans le cul, il te faudrait cinquante godmichés tous les quarts d'heure, salope ! »

Charlotte cessa. Elle ne pleura point et ne répondit plus ; mais elle reposa son coude sur son genou et son front dans sa main ; attitude de l'accablement.

Je souffrais plus qu'elle, oui, plus qu'elle, de ce que j'entendais ; et je compris d'un mot quand, au mouvement que je fis pour me lever, Ricette me retint des deux bras et me dit à l'oreille :

« Tais-toi donc ! ça l'excite. »

Mais j'étais debout malgré ce geste et de la main et du regard, j'arrêtais la scène.

Teresa me fit taire à mon tour, sans prolonger pourtant ce que j'avais tant de peine à entendre.

« Dis-le donc, dis-le toi-même devant ta sœur qui est pucelle. Qu'est-ce que tu es ?

— Une pauvre putain.

— Pourquoi es-tu à poil comme une fille de bordel ? Est-ce que tu n'es pas au-dessous des filles de bordel ?

— Oh ! si ! Elles ne font pas ce que je fais !

— Alors, va donc avec Lili. Mets ton costume de pierreuse et reviens. On te parlera.

— Moi aussi ! » cria Mauricette.

Je ne comprenais plus. Mais pendant que Charlotte sortait, lente et triste à son habitude, Ricette m'entraîna de toutes ses forces au fond de la chambre et me dit, la bouche en avant :

« Ha ! qu'est-ce que maman m'a fourré dans le cul ? C'est du feu ! Je suis enragée ! Je vais faire ma toilette et je reviens pour toi, mais il faut, il faut ! il faut que tu m'encules ! tu me dépucelleras plus tard. Je vais revenir avec Charlotte, nous ferons vite une scène, joue ton rôle, appelle-la putain et prends-moi. T'as compris ? »

Singulière constatation : plus je les connaissais, moins je les comprenais, cette femme et ses trois filles.

Restée seule avec moi, Teresa vint me parler. Je crus qu'elle allait m'expliquer mon rôle, mais elle avait bien autre chose en tête.

« Lili a raison, dit-elle. Jouir dans la bouche de Mauricette, c'est plus épatant que de la dépuceler. Quel foutre est-ce que tu as pour qu'elle l'avale si bien ? »

Du corps et des lèvres, Teresa devenait plus pressante encore que de la voix et, comme elle était loin de refroidir mes sens, je répondis en l'embrassant :

« Demande à tes filles. Elles en ont bu toutes les trois.

— Quelle bouche aimes-tu le mieux ?

— La tienne. »

Et je ne mentais pas. Je la préférais d'avance comme si je l'avais éprouvée. Teresa pourtant eut un sursaut à cette réponse. Je craignais à tout instant de voir la porte s'ouvrir, et, surtout pour ne pas continuer sur ce ton, mais aussi pour l'interroger en quelques mots, je lui dis rapidement :

« Qu'est-ce qui va se passer? Qu'est-ce qu'elles font ?

— Je m'en fous ! » dit Teresa en me donnant ses lèvres.

Cela tournait court. Je la ramenai au sujet d'un ton suppliant. Après une minute de silence où je craignais tout le temps un de ces crescendos que j'ai plusieurs fois décrits déjà, elle retint sa voix au contraire et me répondit, mais de si près que j'avais ses cheveux sur le visage :

« Ce n'est qu'un jeu. Ça lui fait plaisir. Elle aime ce rôle-là. Tu la connais bien.

— Qui ?

— Ma Charlotte, fit-elle tendrement. Je ne vois pas ce qu'elles font toutes les deux, mais je le sais. Charlotte se costume en fille de trottoir et Mauricette en autre chose. Elles sont aussi gosses l'une que l'autre. Elle font des comédies même quand elles sont toutes seules, et puisque tu es là, joue avec elles, quoi ? »

Puis, se montant, elle ajouta :

« Je les ai assez foutues à poil dans ton lit, mes filles ! Si tu ne connais pas leurs caractères ! Si tu ne sais pas ce qu'il faut leur dire !...

Mais elles rentraient, toutes les trois, dans de singuliers accoutrements.

XIV

La première que j'aperçus fut Mauricette. Elle portait un costume collant d'arlequin, le même sans doute que Charlotte avait eu à son âge et dont elle m'avait longuement parlé à propos de la fameuse gageure.

Charlotte, qui la suivait, me frappa d'abord par son visage. Elle semblait ravie de « jouer le rôle » au double sens de l'expression, après avoir senti plus que moi peut-être combien sa présence était inutile et par moments importune. Toujours poussée par la folie qu'elle avait de s'avilir, elle avait mis une robe noire, un tablier à poches, un ruban rouge autour du cou et s'était coiffée de telle sorte qu'on lui aurait donné vingt sous de sa vertu sous le pont Notre-Dame.

Enfin Lili était en écolière : tablier noir et natte sur le dos. J'étais un peu trop jeune moi-même pour faire le satyre devant elle.

La pensée qui me vint aussitôt fut que jamais on ne pourrait tramer une intrigue entre ces trois personnages et un jeune premier, ou qu'alors la comédie serait absurde... (Ah ! comme je voudrais que tout ceci ne fût pas véritable ! et comme je choisirais mieux les costumes de la parade... !) Eh bien ! vous devinez ce qui arriva ? Les jeunes putains ni les jeunes filles moins ouvertement putains, ne reculent point devant l'absurdité des comédies qu'elles improvisent. Plus c'est extravagant, plus elles s'amusent et leur jeunesse fait tout passer.

Ricette encore une fois me prit à l'écart et me dit en riant :

« Jouons vite ! Je suis pressée ! J'ai le feu dans le derrière !... »

A ce mot elle rit si fort qu'elle ne pouvait plus parler. Elle reprit pourtant :

« Et j'ai pas de chance parce que je passe à la fin ! Après moi, naturellement, y aura un entracte ! »

Charlotte nous interrompit, mais avec un visage heureux que je ne lui avais pas vu depuis le commencement de la soirée :

« Tu sais ce qu'on va faire ?

— Oh ! pas du tout ! Je serais même curieux de savoir comment on peut construire un drame ou une comédie entre une pierreuse, une arlequine et une écolière. Vous avez une belle imagination toutes les trois !

— C'est pas malin. On fera des scènes, comme dans les revues. On passera l'une après l'autre. »

J'aimais mieux cela. Pas vous. Mais moi. Quand on se prépare à dépuceler une jeune fille de quatorze ans, il vaut mieux ne pas se fatiguer l'esprit. Je laissai donc les trois sœurs se partager les rôles et en donner un même à leur mère bien qu'elle ne fût pas costumée. Mais Ricette, qui n'y tenait plus et qui sautait d'un pied sur l'autre comme une petite fille qui a envie de pisser, obtint que sa scène fût jouée en lever de rideau, ce qui renversa tous les plans et néanmoins ne choqua personne. Ah ! comme c'est facile de faire du théâtre !

« Monsieur, me dit-elle, je suis venue souper en cabinet avec vous, mais c'est à la condition que vous serez sage.

— Pourquoi voulez-vous que je sois sage ?

— Parce que je suis grise.

— Vous ne l'êtes pas assez.

— Et parce que je suis pucelle.

— Vous l'êtes trop. Montrez-moi ça. Quelle malheureuse infirmité ! Depuis quand êtes-vous ainsi ?

— Ah ! monsieur ! c'est de naissance.

— Est-ce que vous souffrez ?

— Ça me brûle, c'est affreux.

— Suivez-vous un traitement ?

— Oui, monsieur. Des massages. Avec le bout du doigt. »

Malgré le rire de ses sœurs, Ricette gardait tout son sérieux. Elle ajouta doucement :

« Quatre fois par jour.

— Et pas autre chose ?

— Oh ! si ! mais je ne vous le dirai pas. C'est un secret de jeune fille.

— Je ne le répéterai à personne.

— Bien vrai ?

— Je vous le jure sur les perfections de votre patronne sainte Mauricette.

— Ça ne vous engage à rien, elle n'est pas dans le calendrier ; j'ai été chrétiennement élevée, monsieur ; je connais les trois vertus théologales et l'histoire jusqu'à Moïse ; mais la sainte Mauricette, comme elle n'existe pas, c'est rien de dire ce que je m'assois dessus ! Et c'est pas elle qui me punira si je vous le donne, mon secret de jeune fille... Ah ! là ! là ! je déconne ! Qu'est-ce que j'ai bu ? Ça ne se voit pas, m'sieu, que je suis saoule ?

— Pas du tout... Alors, ce secret ?

— Maman m'a dit... que pour calmer leurs pucelages, sans les perdre..., les jeunes filles honnêtes... Ha ! ce qu'il fait chaud ici !... se faisaient masser par-derrière... en même temps qu'elles se massaient devant.

— Par-derrière ? mais par où ? »

Elle me montra les dents d'un air féroce mais plein de gaieté, qui semblait me dire : « Ah ! tu ne comprends pas ? » Puis, avec sa facilité d'improvisation et reprenant pour jouer son rôle le visage de l'innocence, elle récita :

« Maman m'a fait un costume d'arlequine avec une boutonnière d'un centimètre au bon endroit, entre les cuisses, pour que j'aie la place de passer mon doigt et derrière il y a un losange qui se relève. Vous voyez, m'sieu ?

— A quoi cela peut-il servir ?

— Elle m'a dit en m'habillant : « Tu seras convenable, tu montreras que tu es une jeune fille bien élevée, tu ne prononceras pas de gros mots, mais, quand tu verras

qu'il bande, tu lui prendras la queue, tu te fourreras du beurre dans le trou et tu ouvriras les fesses en disant que c'est la première fois, que c'est honteux de faire des choses pareilles, que tu n'oseras pas t'en confesser et que tu te ficherais à l'eau si ta maman le savait. ».. Vous comprenez pas ?

— Elle ne vous a pas dit autre chose ?

— Si. En m'embrassant sur la porte elle m'a dit : « branle-toi pendant qu'on t'encule, ne demande pas à ton miché où c'est qu'on chie le foutre dans ce bordel-là ; mais fait t'en seringuer, ma gosse, depuis le derrière jusqu'à la gueule, décharge dans ta chemise, dégobille dans le piano, pisse dans la carafe, gagne tes cinquante francs par le trou du cul et surtout ne dis pas de gros mots. »... Vous comprenez pas encore ?

— De moins en moins. Votre pudeur, mademoiselle... Ce trouble qui rend vos paroles confuses... »

Je devenais taquin et deux fois odieux ; car Mauricette jouait fort bien. Si joyeuse qu'elle fût de cœur et d'esprit, je la vis sur le point d'avoir une colère instantanée. Je n'eus que le temps de lui dire en me touchant le front :

« Ah ! j'ai compris !

— Miracle de sainte Mauricette ! soupira-t-elle avec patience.

— Ce losange, on peut le lever ?

— Tu parles !

— Et regarder ce qu'il y a dessous comme chez les petites filles de La Rochelle ? »

Non, non c'était fini. De mes lèvres sur sa bouche, je l'empêchai de répondre. Mes taquineries étaient moins drôles que son jeu et je ne les avais prolongées que pour m'amuser plus longtemps à l'entendre. Je craignais qu'au premier contact elle ne cessât toute comédie mais l'amour du théâtre chez les jeune filles est presque aussi

fort que le plaisir des sens et pendant quelques minutes Ricette put soutenir son rôle d'ingénue en cabinet particulier.

« Voyez, monsieur, dit-elle, la différence qu'il y a entre le vice et la vertu. Les femmes éhontées qui dansent le nu ont un cache-sexe par-devant. Les pucelles tout habillées ont un petit losange qui se lève par-derrière. (Et elle rit de tout son cœur sur la dernière syllabe).

— Je connais bien mal les secrets des jeunes filles et j'ai peur de ne pas...

— Alors, monsieur, laissez-moi faire. Maman me l'a bien répété : « Si ton client est un con, tu sais t'y prendre ; encule-toi ! »

Elle riait de plus belle ; mais cette fois elle avait passé la mesure. Je n'aime pas ce genre de plaisanteries et l'on m'objecterait en vain qu'une vierge de quatorze ans a droit à quelque indulgence pendant qu'on la sodomise. Ricette reçut, pour le principe, les deux ou trois petites gifles qu'elle méritait. Et alors... (J'ai oublié d'écrire ce détail : la chambre était vaste. Teresa, Charlotte et Lili se groupaient au fond sur le divan. Nous jouions loin d'elles, comme au théâtre, et Mauricette pouvait me parler sans être entendue de l'assistance...) Elle cessa de rire, tourna la tête et me dit ardemment mais tout bas :

« C'est ça que tu appelles des claques, Ta queue me fait plus de mal que ta main. Recommence.

— Mais non !

— Si. Ecoute que je t'apprenne, tout bas. Rappelle-toi ce que tu as fait à maman sans le faire exprès. Prends-moi les poils, on n'y verra rien, tu auras l'air de me branler... Non, pas ces poils-là... plus bas... ceux des lèvres... oui... tire... tire-les... tire donc !... mais tire donc ! je vais jouir... »

Et elle m'empoigna la main pour me faire tirer comme si j'arrachais une poignée d'herbe.

L'entracte ne dura qu'une minute. Pour nous donner un peu de repos, Lili en écolière aborda Charlotte en pierreuse et lui dit d'un air soupçonneux :

« T'es donc encore malade ? la pine de ton frère avait un drôle de goût ce matin. »

Quand Charlotte avait ses nerfs, elle ne pouvait retenir ni sa gaieté ni ses larmes. Surprise par cette phrase imprévue, elle rit derrière sa main avant de répondre. Puis la scène commença, mais sur un autre ton que celui de Mauricette. Entre elle et ses deux sœurs, il y avait toute la distance du pensionnat à l'école primaire. Lili parvenait quelquefois d'un saut à franchir le pas ; sa fantaisie et son instinct suffisaient à la conduire. Charlotte ne parlait que le langage du réalisme obscène et sentimental. Le rôle qu'elle acceptait, qu'elle avait même demandé ne ressemblait guère aux types de Bruant. C'était celui de la fille lasse et lâche, qui a toutes les servilités, reçoit toutes les injures et (presque sainte mais sans le savoir) s'accuse la première de son ignominie.

Elle prit donc un air douloureux et quand Lili répéta :

« Un drôle de goût.

— C'est pas assez qu'il me fasse des queues avec une môme de dix ans ! fit tristement Charlotte. Il faut que la môme vienne se plaindre ! ça arrive qu'à moi, ces choses-là.

— Une môme de dix ans ? Elle est moins gourde que toi, la môme de dix ans ! Elle a branlé le secrétaire du commissariat de police et quand elle voudra le sucer elle te fera foutre à Saint-Lazare.

— Ah ! il ne manquait plus que ça dans ma chienne de vie ! mais qu'est-ce que je t'ai fait, ma gosse ?

— Tu m'as fait que tu vides les couilles de ton frère et que tu mouches ton chat sur le bout de sa pine. »

Cette nouvelle expression de Lili mit en joie Mauricette qui se releva sur une main et suivit la scène.

« Saint-Lazare ! gémit Charlotte. Non, ma belle gamine, aie pitié de moi. Je te ferai tout ce que tu voudras, pour rien.

— C'est trop cher ! dit Lili imperturbablement.

— Veux-tu voir mes poils ? mes nichons ? Veux-tu que je te fasse mimi ?

— J'ai mes gousses ! »

Le ton détaché que prit ici l'écolière était si comique et si dédaigneux que, tous, nous partîmes de rire, même Charlotte. Lili continua sans se dérider après avoir tiré de son petit panier une tranche de pain :

« Fais-moi une belle tartine de foutre. Va chez le marchand de gaufres pour la faire sucrer. Apporte-la-moi et donne-m'en tous les jours une pareille pour mon goûter à l'école. Mais, pas de bêtises ! Si tu me fous la vérole ; c'est pour le coup que je te fais coffrer !... Je l'aurai, ma tartine ?

— Ah ! je t'en ferais plutôt deux avec ce que je tire de foutre pour gagner quarante-cinq sous... Là, sous le pont, y a une flaque tous les soirs... Chaque fois que je marche dedans je me fous la gueule par terre... C'est tout ce que tu veux, ma gamine ?

— Et puis laisse-moi regarder. Tiens ! un passant pour toi ! Vas-y ! Je me cache ! »

Le dernier mot : « Je me cache ! » avait bien dix ans. Mais ce fut à peine si on me laissa l'entendre, car le passant... j'appris soudain que c'était moi. Charlotte me dit vite : « Tu comprends ton rôle ? Tu m'engueules, tu te laisses faire, tu ne bandes pas ; et voilà. »

Je me répétai docilement : « Et voilà ! » Cette

conception de l'art dramatique était d'une simplicité qui me rappelait Eschyle plutôt que le théâtre contemporain. La scène aurait donc trois parties... Et la troisième était si facile à jouer dans l'état où m'avait laissé Mauricette, que je me résignai même à feindre la première avec assez de naturel pour satisfaire la manie de cette pauvre et belle Charlotte. La seconde partie m'était peut-être aussi peu agréable que la précédente et je ne me voyais pas suivre comme le songe d'une nuit embrasée la personne qui s'approchait. Tout ceci fut cause que mon rôle fut bien mal tenu. Je n'avais nullement rougi d'être inférieur à Mauricette, mais je faillis avoir quelque dépit en reconnaissant que la simple Charlotte elle-même savait mieux que moi trouver son texte et camper son personnage.

Elle vint à moi la tête levée, la hanche en mouvement et me prit par la manche :

« Tu viens t'amuser, mon joli ?

— Non.

— Viens. J'ai pas étrenné ce soir. Je me suis lavé le chat et il y a un quart d'heure. Viens sous le pont, je relèverai ma jupe, tu me peloteras et nous baiserons. Viens.

— Moi, te baiser ?

— J'ai pas de mal, tu pourras voir. J'ai passé la visite aujourd'hui. Mais si on fait pas ça, on fera aut'chose. Je serais bien polissonne. Écoute.

— Fous-moi la paix !

— Écoute donc ! tu sais pas ce que je vais te dire. J'ai envie de pisser depuis deux heures. Veux-tu que je te pisse dans la main ? Tu t'essuieras après ma liquette.

— Tu me dégoûtes. Ne me touche pas la manche avec ces doigts-là.

— Laisse-moi te dire au moins... Je suis si cochonne ! Tu n'as qu'à me demander. Je ferai ce que tu

voudras. Viens que je te suce la queue. Tu jouiras dans ma bouche. Tu jouiras tout.

— Pas besoin d'une putain pour ça ! les jeunes filles s'y prennent très bien.

— Penses-tu qu'elles font comme moi le poisson souffleur ? tu sais pas ce que c'est ? Écoute donc que je te dise !

— Non ! Fous le camp ! D'abord je n'ai que dix sous et il m'en faut quatre pour prendre le tramway, ajoutai-je avec quelque honte de ces imbécillités.

— Eh bien, donne moi six sous, voilà tout, tu seras plus généreux la prochaine fois. Donne-moi six sous et je te ferai le poisson souffleur. Quand je t'aurai sucé la queue, je rendrai le foutre par le nez. »

Charlotte me donnait la nausée. J'eus un vague sourire et, pour hâter la fin de la scène en provoquant une réplique trop facile à deviner, je lui dis avec violence :

« Veux-tu t'en aller ou je t'encule ! »

Cette formule d'exorcisme est parfois efficace pour chasser les raccrocheuses ; mais, au moins une fois sur trois, elle manque son but et les retient au lieu de les épouvanter.

Charlotte, qui joua bien cette partie de son rôle, me répondit d'une voix douce et du ton le plus indifférent, comme si je lui demandais de faire le poisson souffleur par la narine droite ou la narine gauche :

« Viens m'enculer, ça m'est égal. Tu crois que je ne le fais pas pour six sous ? Faut bien vivre. Et puis tu m'étrennes. Viens m'enculer sous le pont. Fourre bien ta queue, n'aie pas peur, tu saliras pas ton linge, je t'essuierai avec l'envers de ma jupe.

— Charlotte, tu es immonde ! lui dis-je à l'oreille.

— Si tu crois que je ne sens pas ce rôle-là ! » répondit-elle tristement.

Malgré les sentiments éteints que m'inspirait une pareille scène et que j'ai à peine besoin d'exprimer ici, le jeu fut interrompu par un accident singulier que mes jeunes lectrices ne comprendront point, mais dont les jeunes hommes seront moins surpris.

Que l'amour et l'érection sont deux phénomènes distincts, voilà ce qu'il faudrait apprendre aux jeunes filles à la veille de leur premier flirt. Rater une femme, c'est quelquefois prouver qu'on l'aime jusqu'à l'évanouissement des sens. Par contre, à l'improviste, entrer en érection devant une femme qu'on n'aime pas, c'est la traiter de putain d'une façon galante mais catégorique.

Et c'est ce qui m'arriva dans la bouche de Charlotte. « Dans sa bouche ? direz-vous. Le beau miracle ! Un octogénaire en eût fait autant ». Mais réellement je ne m'y attendais pas, ni personne. D'abord mon rôle était de rester froid ; rien ne me paraissait plus facile à mimer. Et la comédie de Charlotte ne m'avait excité en aucune façon. Enfin je sortais des bras de Mauricette depuis... Au fait, voilà l'explication. Une demi-heure s'était passée. La bouche fut une imprudence.

Mon accident agita tout le monde. S'il flatta Charlotte, on le devine, Teresa en rit aux larmes, ce qui me fit devenir très rouge, car je n'avais nulle envie de rire, ni Mauricette non plus, bien que je lui eusse fait signe de ne pas s'inquiéter.

Heureusement la saynète où Charlotte s'offrait en victime avait une si grande élasticité que le renversement de la péripétie ne changea ni l'intrigue ni les caractères. Il donna même plus de force à la scène capitale.

Charlotte reprenant son rôle de pierreuse psalmodia d'une voix traînante.

« Je te l'avais dit que j'étais cochonne, que tu bandrais bien dans ma bouche. Qu'elle est belle, ta queue, mon petit homme ! Écoute, j'ai mon frère qui me fait des traits avec une gamine. Écoute pendant que tu l'as bien raide... J'ai envie ! J'en veux pas de tes sous. Encule-moi bien loin, laisse-moi me branler et si tu me fais jouir tu ne me donneras rien. Tiens le voilà, mon cul, mets-la ! mets-la vite ! »

Elle se tenait debout, penchée en avant, la jupe noire relevée sur les reins, les fesses nues, dans une attitude où elle représentait avec naturel, avec talent, l'extrême servilité de la prostitution. Et elle reprit de sa triste voix :

« Où qu'elle est, ta queue ?

— Je ne sais pas, fis-je distraitement. Tu peux en chercher une autre.

— Oh ! je te fais branler, je te suce comme il faut, je te dis de m'enculer, que ça ne te coûtera rien, tu ne débandes pas et tu me plaques ? Je te dégoûte ! Ça te plaît pas d'enculer une putain ? Vrai ! Qu'est-ce qu'il faut que je fasse pour gagner tes six sous ? Veux-tu me pisser sur la figure et que je ferme les yeux en ouvrant bien la bouche ?

— Écoute, Charlotte, tu exagères ! » fis-je pour l'arrêter.

Alors, quittant son rôle, parlant pour moi seul avec une expression que je n'oublierai jamais, elle murmura :

« Non ».

XV

Mauricette bondit jusqu'à moi, ravie que j'eusse écourté la scène aux dépens de l'art dramatique. Elle ne voulait ni que Charlotte fût toujours la cause de l'état où elle m'avait mis, ni que je retombasse dans l'indifférence par distraction ou faute de soins.

Aussitôt elle eut la pensée d'une nouvelle scène ; mais auparavant elle lança une de ces phrases que les filles de Teresa disaient si naturellement et qui me laissaient chaque fois dans une stupeur sans bornes.

« Lili ! cria-t-elle. Fourre-moi ta langue dans le cul pour voir si j'ai encore de la moutarde ! »

Et, pendant que Lili soulevait le losange de l'arlequine, Mauricette répéta :

« C'est effrayant ce que le trou du cul me démange ! Non ! maman l'a fait exprès de me mettre en chaleur par-derrière. Oh ! tu m'enculerais douze coups avant de me dépuceler cette nuit !... Eh bien, Lili ? quoi ?

— Ben, dit Lili, ça sent le foutre, la gousse, le caca, la putain, la moutarde, la guimauve, la queue, le jus de chat, la peau d'Espagne, le caoutchouc du godmiché, les suppositoires, le fond de bidet, le rouge pour les lèvres, la serviette à cul, la vaseline, l'amidon, le musc, les chiottes de bordel et des saloperies que je n'ose pas dire.

— Que je n'ose pas dire ! répéta Ricette. Merci ! oh ! merci ! Viens que je te foute une claque.

— Rends-moi plutôt ce que je viens de te faire, dit Lili avec toupet et en s'approchant sans la moindre défiance.

— Regarde ! me dit Ricette. regarde si elle le sait qu'elle ne l'aura pas, sa claque ! Regarde si c'est malin

pour son âge ! La seule putain de la famille, je te dis ! Elle vient de me faire une de ces feuilles de rose à fond... Je la sens encore.

— Oui ! T'en ferais pas autant, dit Lili, très calme. Mais si je suis putain ça vaut bien six sous, comme dit Charlotte.

— Un ! deux ! trois ! quatre ! cinq ! six ! payé ! dit Ricette avec six baisers. Plus... »

Et elle lança gaiement ce « Plus » en faisant siffler l's, comme il est de tradition à la Comédie-Française quand on annonce le crocodile de l'usurier moliéresque.

« Plus ! en l'honneur des circonstances une prime exceptionnelle et gratuite. Ce que je tiens à la main est à moi pour toute la nuit, mais une fois maman l'a eu par le con et Charlotte par la bouche, pendant que Lili soupire et nous dit qu'elle se brosse la fente en regardant si ses poils poussent.

— Ils poussent pas ! insista Lili gravement.

— Alors, à titre de prime et avec la permission de Monsieur, nous allons faire une scène à trois où l'écolière ici présente aura mon amoureux pendant une minute à la condition de me le rendre.

— Fais attention ! dit Lili sérieuse. Devant Charlotte, il a bandé sans le vouloir. Avec une aussi belle femme que moi il est foutu de décharger. »

Ce jeu présentait à mes yeux une curiosité franchement négative, donc assez rare et intéressante, comme tout ce qui est le contraire d'un idéal connu. Pour le dire en d'autres termes, ces petites scènes érotiques avaient aussi peu de rapport avec la dramaturgie qu'avec l'amour.

Je le répète sans craindre les redites. Ayez la bonté de ne pas croire que j'invente ce théâtre enfantin. Si vous jugez que mon style n'est pas celui d'un primaire,

faites-moi la grâce de supposer que ces dialogues de courtisanes ne sont pas le fruit de mes veilles. Je les ai notés parce qu'ils m'ont paru plus « jeunes filles » que « putains » malgré leurs jeux de scène et leur vocabulaire : contraste qui m'amusait ; mais, comme les dessins d'une enfant, ils perdraient tout caractère sous la retouche.

Avant de jouer, je prévins Ricette que je reprenais un état physique moins rehaussé d'ostentation, et que je n'aimais point à me montrer sous un aspect ridicule ! On me donna donc un peu de repos à cet égard ; pas pour longtemps.

La scène commença par un fortissimo comme une symphonie classique.

Sans avoir rien préparé :

« Tu sors de l'école, ma petite fille ! dit Ricette. Ce n'est pas vrai. Il est sept heures. Ta maman a dû te gronder.

— Oui, elle m'a foutu la main sur la gueule parce que je suis rentrée avec un godmiché dans le derrière. Que je m'en doutais même pas. »

Les débuts de Lili étaient toujours imprévus, mais délibérés. Lili dirigeait les scènes ; et de toutes les choses singulières que j'ai vues dans sa famille, c'est aujourd'hui celle qui m'étonne le moins. Ricette encore s'en étonnait pourtant et rit derrière sa main avant de reprendre :

« Tu l'as encore ? A qui est-il ?

— Est-ce que je sais ? Y a tant de salopes qui m'enculent... Et comme je leur tourne le dos, je peux pas les reconnaître. Ma mère a gueulé comme ça : « Encore une putain de gougnotte qui t'a oublié sa pine dans le cul ! » C'est pas vous, mademoiselle ?

— Moi ? c'est moi la salope qui t'encule ? c'est moi la putain de gougnotte qui...

— Oh ! moussez pas ! j'ai répondu : « C'est dans l'escalier, maman. — Ben ! qu'elle a dit, va donc chez la grue d'en face, voir si c'est pas à elle, ce godmiché-là. » Je fais un acte de probité, mademoiselle, en vous le rapportant.

— Et moi je te le renfonce ! A-t-on jamais vu des gosselines pareilles qui font des visites de cérémonie avec un godmiché dans le derrière ? et qui ne vous passent même pas la langue par-devant ?

— Non ! je m'y reconnaîtrai jamais avec toutes les espèces de gousses ! Y en a qui vous enculent ! Y en a qui vous débarbouillent avec ce qu'elles déchargent.. On baise plus avec elles qu'avec les michetons...

— Comment, tu es dépucelée à ton âge ?

— Oh ! là !! Miséricorde ! Qu'est-ce qui me tombe sur le bout du nez ! Il faudrait que je sois pucelle pour vous passer la langue dans le cul ! Ben ! vous en avez, du vide ! Pourquoi le bon Dieu m'a-t-il donné deux trous si c'est pas pour que je m'en serve ?

— Moi, je me sers que d'un.

— N'y a pas de quoi vous vanter. »

Jamais Lili ne cherchait une réplique ; et Mauricette, dont le bagou nous avait amusé une heure auparavant, sentit qu'il valait mieux pour elle quitter le dialogue pour le couplet où elle brillait davantage :

« Et si au lieu d'un godmiché je te donnais une queue toute vivante ?

— J'aimerais mieux ça que la queue d'un macchabée, dit Lili avec calme. Je ne suce que les queues vivantes.

— Attention ! si tu en veux une, tu vas me dire merci d'avance et me faire un joli petit travail de gousse pendant que mon ami dort dans la chambre à côté. Des baisers sur la figure, la langue autour de l'oreille et les dents derrière le cou ; c'est le commencement.

Ensuite tu me fais minette au bout du nichon droit et au bout du nichon gauche jusqu'à ce que je te dise : assez. Tu laisses trembler ta langue tout autour du ventre légèrement et sans mouiller ; tu mordilles les babines du chat, ta langue passe dessous, me fait à peine feuille de rose comme si elle n'osait pas, puis se fourre dedans, revient, et travaille mon pucelage dans tous les petits coins... enfin elle attaque le bouton ; et, quand j'aurai fini de jouir, je te donnerai une belle queue toute chaude pour jouer avec.

— Oh ! mademoiselle, fit Lili sans aucun enthousiasme, ça vaut plus qu'une queue, ce petit travail-là. Ça vaut cinquante francs. »

La réponse qui fit la joie de Teresa me prouva que Ricette voyait juste en prétendant que Lili avait l'instinct de son métier ; mais c'était à moi de jouer : je faillis rater mon entrée.

Dès le premier mot, Lili redressa le sujet et se mit en avant :

« Bonjour, m'sieu. Mademoiselle vient de me dire qu'elle est vraiment trop moche pour vous et qu'il y a longtemps que vous l'auriez plaquée si elle ne vous donnait pas des distractions. Alors elle est obligée de s'habiller en Arlequine et de vous présenter des écolières. Vous êtes un peu maboule, n'est-ce pas ? Oh ! ça fait rien ! je suis habituée. »

On ne lui avait rien dit de tout cela. « Quel culot ! » fit Mauricette entre ses dents. Mais Lili continuait :

« Ces grandes filles-là, ça sait rien faire, voyez-vous. Elles ont des pucelages partout, on les tourne dans tous les sens avant de trouver où est l'entrée. Et quand une fois elles sucent la queue, alors c'est tellement épatant qu'elles invitent toute leur famille pour avoir des applaudissements comme si elles avalaient un sabre !

— Ah ! mais tu vas te taire, morpionne ! dit Ricette, énervée par les rires de sa mère.

— Oh ! mademoiselle, fit Lili, très calme, ne vous donnez pas la peine de me fouetter. Je n'aurai pas besoin de ça pour faire bander votre amant, et je ne marche pas comme vous pour les scènes de torture. Allez donc faire pipi. Revenez dans cinq minutes, apportez-moi le fafiot et je vous rendrai Monsieur. En bon état. Allez. »

L'autorité de Lili s'affirmait à chaque réplique. Mauricette elle-même, après deux regards jetés à sa mère et à moi, prit le parti de rire, de se retirer, de ne pas répondre et enfin « d'aller faire pipi » comme on venait de l'y inviter.

La suite de la scène me gênait par avance et, ne sachant comment jouer le rôle du monsieur qui se fait présenter des petites filles par sa maîtresse en arlequine, je fus content de voir Lili redresser le sujet pour la seconde fois par un tutoiement que je n'attendais guère :

« Ah ! ce qu'elle est vicieuse, ta poule ! Elle sait que t'as couché avec moi ; elle m'a fait une leçon de gousserie pendant une demi-heure ; et puis elle est allée se branler aux cabinets et elle veut que tu m'enfiles quand elle rentrera. Le président de la cour d'appel n'en demande pas tant avant de se mettre à poil. »

Je conte bien mal cette histoire si vous ne comprenez pas le fou rire qui m'empêcha de répondre à la dernière phrase. Lili seule ne riait pas. Elle était même pressée et releva sa robe d'écolière jusqu'à la ceinture.

« Dépêchons-nous ! C'est sérieux ! Si tu ris, tu vas me rater ! »

Je le savais bien ; mais Lili me donnait beaucoup plus de gaieté qu'elle ne m'inspirait de concupiscence et la jovialité bruyante de Teresa troublait sans cesse les

efforts que je faisais pour rester grave. Il s'en fallut de peu que le flagrant délit ne fût manqué. Par hasard, Mauricette prolongea son absence de quelques minutes : cela seul permit à Lili de continuer la scène selon ses conceptions et lui donna l'accessoire qui lui était indispensable.

Dès la rentrée de sa sœur, Lili reprit son rôle :

« C'est vrai, mademoiselle, que vous travaillez Monsieur depuis avant-hier, sans arriver à rien ?

— Penses-tu, grenouille ! Je l'ai sucé à dix heures et demie, il m'a enculée à onze heures.

— Que vous dites ! mais il était mou comme une loque devant vous, et voilà comment j'ai le plaisir de vous le rendre. C'est vingt francs. Voulez-vous une facture ? »

Mauricette fit un geste de la main qui menaçait Lili de quelques représailles ; mais elle resta de bonne humeur et, sans se martyriser l'imagination, elle dirigea son rôle de façon à tenir sa promesse :

« Je n'ai pas d'argent, dit-elle, mais ce que tu tiens vaut mieux. Prends-le la première, ne me l'abîme pas, rends-le-moi et nous serons quittes. »

Lili eut alors l'expression la plus comique de toutes : un mélange de désillusion, de politesse et d'indifférence, et cessant de me toucher elle dit à sa sœur :

« Ce sera vingt francs de plus. »

Visiblement, Mauricette n'attendait qu'un prétexte pour se montrer bonne joueuse : un mot qui ne serait pas une raillerie à son adresse. Elle embrassa Lili en riant, puis l'empoigna par la taille, lui releva les jupes et me dit :

« Tiens ! Prends-la par où tu voudras ! »

Une autre gosse eût trouvé drôle de crier : « Maman ! on me viole ! » Mais Lili ne faisait jamais

ressorte par la bouche, ou bien que, vice versa, il pénètre par le pharynx et reparaisse entre les pattes. Je n'ai jamais essayé ce tour de force. Les bons anatomistes à qui j'en ai parlé m'ont déconseillé d'en faire l'expérience. Je vous le déconseille à mon tour. Vous ne me direz plus que mon livre ne peut être laissé entre toutes les mains.

Comme la vertu n'est pas toujours récompensée, ma prudence et mes scrupules reçurent peu de plaisir en échange.

Cessons toute mauvaise plaisanterie. Jouir d'une femme à l'instant où j'en étreins une autre..., ah ! que cela est contraire à mon tempérament ! Je goûte si peu la tromperie en amour que je répugne même à l'adultère et j'aime mieux vous conter cette histoire de putains que d'écrire ici par quels stratagèmes j'ai mystifié un homme cent fois pour escamoter sa femme.

Sous Mauricette et moi, la petite Lili me parut jouer son rôle tout à fait ridicule, car la plus cocue des deux n'était pas pour moi celle qui m'embrassait ; et cette complication plus sentimentale que charnelle, ce renversement des réalités sous les chimères, me causa un tel trouble que je fis à Mauricette un signe de hâte.

On ne pouvait nous entendre. Elle me dit tout bas :

« A moi, maintenant ?

— Plus que tu ne penses. Ne me répète plus cette histoire de moutarde, c'est fini. Je te dépucelle. »

Son regard flamba ; elle dressa les seins, ouvrit les lèvres pour crier : « Oui ! » Mais elle se tut ; et, par un brusque virage de sa volonté fantasque, elle murmura :

« Viens ! Je te dirai ça derrière la porte ! »

Gentille, elle embrassa Lili, lui chatouilla les côtes, la fit rire, la jeta pour l'occuper dans les jambes de sa mère et sortit vivement sur mes pas.

« Lequel de nous deux en a le plus envie ? dit-elle en me serrant.

— C'est moi.

— Ce que tu te fourres le doigt dans l'œil... Enfin !... Merci de le dire et tant mieux si tu le crois... Attends encore une heure, veux-tu ? »

Mon visage pâlit, changea et elle me vit mécontent avant que j'eusse ouvert la bouche.

« Alors il faut que je te dise tout ! fit-elle en me serrant davantage. Tu n'as pas entendu ce que disait maman ? J'ai un pucelage en cuir comme était celui de Charlotte. Ce sera une boucherie... »

Ah ! elle avait trouvé le mot qu'il fallait dire pour ne plus me tenter du tout.

« Je suis contente, poursuivit-elle. Plus tu me feras du mal, plus tu me feras du bien ; mais quand ce sera fini je serai à moitié morte... D'abord je voulais tout de suite. Mais maintenant... on joue... je m'amuse... Je ne m'amuse pas toujours... »

Elle acheva ces mots en inclinant la tête et presque avec la voix de Charlotte. Je me sentis si confus de l'avoir attristée que je lui promis de faire tout ce qu'elle voudrait et que je résolus même de m'amuser autant qu'elle. Comme je prends rarement une résolution, j'aime qu'elle soit conçue avec témérité.

XVI

Charlotte sourit quand nous rentrâmes. Il lui avait suffi de serrer sa coiffure, d'essuyer son rouge, d'enlever son tablier et de mettre un col en ôtant son ruban de cou... Dans sa robe noire, avec son air doux et triste,

elle avait l'air maintenant d'une institutrice orpheline placée dans une famille par une œuvre charitable.

Elle s'assit devant un guéridon avec sa petite élève et dit sans aucun espoir d'obtenir une bonne réponse :

« Quelles sont les sous-préfectures de la Haute-Loire ?

— Si vous saviez ce que je m'en fous ! dit Lili.

— Vous n'avez pas appris vos leçons ?

— Si. J'en ai appris une. Montrez-moi vos poils d'abord et je vous la dirai après.

— Quelle enfant ! mon Dieu ! quelle enfant ! Est-ce que vous allez me demander cela tous les jours parce que j'ai eu la faiblesse de vous l'accorder une fois ?

— Ça m'étonnerait pas de moi.

— Je suis votre institutrice, vous ne faites rien de ce que je vous ordonne et cela ne vous suffit plus de me désobéir, il faut maintenant que je me plie à tous vos caprices ?

— J'allais le dire.

— Et après vous me réciterez la leçon que vous avez étudiée ?

— Oui.

— Et vous comprendrez que je suis trop bonne, trop indulgente pour une petite fille aussi déréglée, aussi intraitable que vous ?

— Oh ! vot'gueule, mamselle ! fit la petite sur un ton inouï. Ça va bien ! ne me faites pas chier. Fermez-la, ouvrez les pattes, montrez-moi vos curiosités et ravalez vos boniments par la gargoulette. Quand je vous demande à voir un con, c'est pas de vous tout entière que je parle. »

Charlotte se ferma la bouche en effet. Elle avait le rire facile comme les larmes. La main sur les lèvres, elle releva ses jupes et laissa Lili se livrer à toutes ses fantaisies d'improvisation :

« Je l'ai bien vu, maintenant ! Je sais comment il est, et si vous ne faites pas ce que je veux je le dirai à tout le monde que vous me l'avez montré pour me pervertir.

— Qu'est-ce que vous voulez donc, méchante enfant ? dit Charlotte en reprenant sa triste voix.

— C'est moi qui vous ai chipé le paquet de lettres de votre copine où il n'y a que des cochonneries. Je sais tout. Eh ! ben ! vous en faites, des tours de putains toutes les deux !

— Je suis perdue...

— Oh ! foutue ! vous pouvez le dire, ça ne vous salira pas la langue autant que de me lécher le derrière, comme vous allez me lécher.

— Moi ?

— Oui, vous ! et si vous ne me le faites pas, je courrai dire à maman que vous avez voulu me le faire ! »

— De tous les mots de Lili, celui-ci est un de ceux qui m'ont le moins étonné. J'ai toujours cru que la femme de Putiphar devait avoir une douzaine d'années et non quarante ans comme certains peintres l'imaginent. J'en appelle d'abord à ceux qui ont vécu en Orient et ensuite à vous, qui me lisez, si la psychologie des petites filles ne vous est pas trop mal connue.

L'écolière obtint de son institutrice la complaisance qu'elle exigeait et qui n'avait rien d'invraisemblable : les maîtresses de pension le font à leurs élèves plus souvent que les parents ne le pensent.

Lili garda quelque silence pendant que Charlotte à genoux, toujours prête à s'humilier, prolongeait un peu le jeu de scène. Mais Lili ne sortait point de son rôle et si elle prit un temps, ce ne fut que pour mieux détacher, de sa petite voix indifférente, un :

« J'aime beaucoup mieux ça, mademoiselle, que de vous réciter les sous-préfectures de la Haute-Loire. »

Et elle ajouta gentiment :

— Par-devant », dit Charlotte qui s'assit et se renversa, levant sa jupe des deux mains.

Lili s'agenouilla, mais la fit attendre et devint taquine en considérant l'état de sa sœur.

« Oh ! ne mouillez pas tant, mademoiselle ! Vous m'en donnez trop pour mon âge. C'est pas la dose pour enfant ; ça doit être la dose pour adulte... Eh ! mais qu'est-ce qui lui prend ! la voilà qui se branle ! Assez ! assez ! pas d'inondations ! »

Elle écarta le doigt de Charlotte, colla sa bouche au même point... et la scène à peine commencée fut suspendue par un coup de théâtre.

Teresa en peignoir traversa la chambre à grands pas, prit le rôle de la mère, interpella Charlotte :

« Ah ! voilà les leçons que vous donnez à ma fille, mademoiselle ?

— Oh ! Madame !...

— Je vous confie une enfant de dix ans pour lui apprendre le français, l'histoire, la géographie, les langues vivantes, et voilà quelles langues vous lui enseignez ? Va dans ta chambre, Lili ! Et vous, mademoiselle, venez dans la mienne. »

Teresa, parlant à la cantonnade, se tourna vers Mauricette assise sur mes genoux et dit :

« Je n'ai pas envie de jouer, j'ai envie de jouir. Aussi ça ne traînera pas. »

Puis, saisissant le bras de Charlotte, elle reprit d'un ton plus doux :

« Mademoiselle, j'ai trouvé cette nuit dans le tiroir de ma fille le paquet de lettres qu'elle vous a pris. Votre amie vous traite de gousse, de putain... C'est effrayant ! Elle parle sans cesse de votre langue... Elle vous demande combien de fois vous vous branlez pour elle.

— Ah ! Madame ! voulez-vous que je me tue ?
— Ne vous troublez pas.
— Je suis une misérable créature.
— Confessez-vous et je vous pardonne.
— Mais j'ai tous les vices.
— Moi aussi. »

Et Teresa nous jeta un regard pour accuser encore sa désinvolture à mener d'un bon train les scènes dramatiques. La conclusion fut celle que l'on devine, et ce qu'elle eut de plus curieux pour moi lui vint de Lili qui eut assez de tact pour ne pas troubler sa mère en prenant une revanche de son flagrant délit.

Elle attendit que tout fut terminé ; puis, toujours en travail d'imaginations et d'initiatives, elle alla parler tout bas à sa mère et à sa sœur, parut leur dicter la suite de leurs rôles et cria vers nous :

« Second acte ! Huit jours après ! »

Comme au début du premier acte, l'institutrice et l'écolière s'assirent devant le guéridon.

« Vous savez beaucoup mieux vos leçons depuis huit jours, dit Charlotte. Mais qu'est-ce qui vous fait rire ? Soyez plus respectueuse !

— C'est un de vos poils du cul, mademoiselle, qui m'est resté entre deux dents et qui me chatouille le bout de la langue... Non, je crois que c'est plutôt un poil de maman... Mais je ris pour ça, je vous assure. Je ne ris pas parce que vous avez l'air tourte.

— Lili !... Allons ! récitez les deux pages que vous avez apprises hier. Qu'est-ce qu'une petite fille ? »

Mauricette au dernier mot tressauta sur mes genoux et me dit tout haut :

« Écoute ça ! C'est le catéchisme qu'on avait écrit pour Charlotte quand elle était petite et Lili le sait par cœur. »

Charlotte répéta... et Lili répondit en ânonnant

exprès comme si elle ne comprenait rien, ce qui donna quelque drôlerie à ses antiennes.

« Qu'est-ce qu'une petite fille ?

— C'est une petite saloperie qui ne pense qu'à tâter les cons et les pines, se branle du matin au soir, pisse partout, lève sa robe et montre son cul pour voir celui des autres

— A quoi peut servir une petite fille ?

— On se le demande.

— Quel miracle a fait la bonté de Dieu en faveur des petites filles ?

— Ce miracle est le don qu'elles ont reçu presque toutes de faire bander les messieurs comme si elles étaient des femmes.

— Expliquez-vous.

— C'est un mystère.

— Et qu'est-ce que la bonté du Créateur leur a donné de plus ?

— Le Créateur leur a percé d'avance deux trous et une bouche afin qu'elles n'aient pas l'humiliation d'avoir fait bander les messieurs pour rien et qu'elles puissent miraculeusement leur servir à quelque chose.

— En retour de ces bontés divines, quel est le devoir des petites filles ?

— Toute petite fille qui fait branler un monsieur a le devoir de le faire décharger.

— Est-ce à elle de choisir le trou qu'elle préfère ?

— Cela ne la regarde pas. Elle n'a qu'à donner celui qu'on lui demande.

— Doit-elle même attendre qu'on lui en demande un ?

— Non. La petite fille qui reste seule avec un monsieur lève sa robe aussi haut que possible, s'excuse de n'avoir pas de poils et dit poliment :

« Voulez-vous me baiser ? Voulez-vous m'enculer ? ou aimez-vous mieux que je vous suce ? »

— Et si le monsieur leur répond : « Va te branler plus loin ! je ne baise que les femmes » comment doit-elle se comporter ?

— Dans ce cas, la petite fille s'éloigne, mais elle peut s'abstenir de toute masturbation sans manquer à ses devoirs religieux. »

A cet endroit, Lili s'interrompit au milieu de son rôle, ce qui ne lui arrivait guère ; elle tenait à me dire :

« Crois-tu qu'on m'en a fait apprendre, des conneries ! »

Et aussitôt Charlotte ajouta :

« Pour elle ce n'est rien. Mais moi ! Pense que j'ai appris tout ça en même temps que mon catéchisme ! Je m'embrouillais à la chapelle et j'ai manqué vingt fois d'en réciter des phrases à monsieur le Curé ! »

Sur un signe de Lili, elle revint au jeu : « Très bien. Vous ne savez rien de plus pour aujourd'hui ?

— Si, mademoiselle, je sais encore quelque chose, c'est que les pires saloperies qu'il y ait sur la terre, ça n'est pas les petites filles, c'est les institutrices.

— Ah ! cela devait m'arriver ! Je n'ai que ce que je mérite ! Je me disais aussi : qu'est-ce que cette enfant doit penser de moi ?

— Voulez-vous que je vous le dise ? »

Ricette, qui s'agitait beaucoup sur ma jambe, me chuchota dans l'oreille : « Si on lui dit, elle va se branler ». Mais Lili n'en doutait pas davantage et, comme le fameux capitaine qui suivait ses soldats parce qu'il était leur chef, elle ordonna ce qu'elle ne pouvait empêcher :

« Perdons pas de temps ! fit-elle. Donnez-moi ma leçon de masturbation et je vous répondrai avant qu'elle finisse.

— Où suis-je tombée ! dit Charlotte en levant sa jupe. Est-ce pour donner des leçons de masturbation à une petite fille que j'ai passé mes brevets ?

— Vos brevets de putain ? Mais oui ! Et vous ne les avez pas volés ! ni les félicitations !

— C'est ainsi que vous osez me parler ? Vous traitez de putain votre institutrice ?

— Ah ! la barbe ! Je vous écoute, mademoiselle. J'attends ma leçon. Déchargez d'abord, vous baverez après. »

Le ton que prenait Lili pour lancer une réplique avait la même aisance que le choix de ses expressions ; mais ce sont là des indescriptibilités.

« Je suis deux fois honteuse, commença Charlotte. Je vous apprends des horreurs et je ne suis même pas capable de vous les enseigner comme il faut.

— Ça se voit bien, mademoiselle, que vous êtes un peu conne. Allez ! ne vous troublez pas ; je comprends tout.

— Commençons par le cours élémentaire. C'est celui que je sais le mieux, dit Charlotte en riant. Ce n'est pas difficile. Vous mouillez le troisième doigt là-dedans, vous le remuer ici... Voilà.

— Et vous servez chaud ? demande Lili. Eh ! là donc ! la voilà qui se branle et elle ne m'a rien appris. Quelle gourde que cette institutrice ! Elle est aussi bête que putain. Voulez-vous continuer ma leçon ? fit-elle en arrêtant la main de sa sœur.

— Je répète, fit patiemment Charlotte en cherchant les termes savants que toutes ses pareilles connaissent plus ou moins. Ce que vous voyez là est ma vulve.

— On dirait un con, observa Lili.

— Vous trempez votre doigt ici, dans le vagin et

vous le mouillez de... de... comment ça s'appelle, le foutre des femmes ?

— Vous le direz demain. Continuez.

— Si vous pouvez attendre, vous vous chatouillez par-dedans avec deux doigts, ou par-dehors en vous tiraillant ces petites lèvres-là. Si vous êtes pressée, vous touchez tout de suite le... le clitoris que voici ; vous appuyez, vous remuez de droite à gauche ou vous tournez autour...

— Mais la voilà qui recommence ! A la quatrième vitesse !

— Je n'en peux plus ! murmura Charlotte.

— Quelle éducation ! fit Lili en se tournant vers les spectateurs. Croyez-vous que c'est dégoûtant d'avoir une maîtresse pareille ! Au lieu de me montrer à écrire, elle me montre à me branler ! A une petite fille innocente qui sait même pas réciter les sous-préfectures de la Haute-Loire !

— Moi non plus..

— Elle se fait juter sur tous les fauteuils, elle bouffe le chat de maman qui est une sainte femme, elle sent le foutre comme moi la fleur d'oranger et quand on fouille dans sa table à ouvrage, voilà ce qu'on trouve ! dit Lili en tirant de sa poche un godmiché.

— Oh ! entre les mains de cette enfant.

— Vous me dégoûtez bien, mademoiselle.

— Je me dégoûte encore plus.

— Et vous allez voir comment je vous respecte. D'abord, finissez de vous branler ! Assez ! dit la petite en tirant le bras de Charlotte.

— Oh ! Lili ! Lili !... j'allais jouir... je vais avoir une attaque. »

Lili obtint pourtant une minute d'arrêt. Elle ceignit le godmiché en pinçant avec une épingle le ruban trop large, et, tenant sa robe d'écolière que l'instrument

retroussait comme le phallus énorme d'un petit dieu grotesque, elle déclara :

« Une putain d'institutrice peut bien être aussi polie qu'une saloperie de petite fille, pas vrai ? Rappelez-vous ce que vous venez de me faire réciter...

— Quoi ? fit Charlotte égarée.

— Encore plus andouille que putain ! répéta Lili avec compassion. Voyons, ne vous troublez pas, ma fille, ça va venir. Regardez-moi : je suis un monsieur et vous me faites bander, il me semble que ça se voit ? Alors qu'est-ce que vous devez me montrer ? Eh bien ?... Mais levez donc vos frusques, pochetée !... Oh ! là ! là ! j'en ai chaud.

— Je sais même pas ce qu'elle me dit murmura Charlotte en se troussant, mais comme en rêve.

— Et quand une saloperie comme vous montre ses deux trous à un monsieur qui bande, qu'est-ce qu'elle lui dit ?

— Voulez-vous... me baiser... m'enculer... que je vous suce...

— Mettez-vous à genoux ! Donnez-moi vos fesses !... Non, mais voyez donc comme elle ouvre ça !... et comme on entre là-dedans !... Si c'est pas malheur pour une petite fille d'avoir une institutrice qui lui montre son cul pendant toute la leçon et qui se laisse fourrer à la fin un godmiché dans le derrière... Ce qui me dégoûte le plus, mademoiselle, c'est pas que vous soyez putain, c'est que vous êtes assez tourte pour que je vous encule. »

Et alors...

Alors que se passa-t-il ? Le plus triste incident de cette aventure.

Charlotte avait-elle trop présumé de son goût maladif pour l'humiliation ? Lili, comme tous les enfants,

manquait de mesure dans la farce ; avait-elle abusé du rôle qu'elle achevait d'improviser ?

Non. L'explication que j'entrevois est la plus difficile à donner parce que j'écris ce livre à la première personne. Mais, devant l'amour de Charlotte... « il n'y a pas de quoi se vanter », comme disait Lili. Ce n'est certes pas cette histoire que je choisirais entre mes souvenirs si je voulais vous faire imaginer l'éblouissement de mes séductions et vous ne serez pas émue à l'excès, mademoiselle, si je vous dis que cette nuit-là, où je ne quittai guère Mauricette, Charlotte, plus nerveuse d'heure en heure, me parut aussi plus infortunée.

Car ce fut Mauricette qui déchaîna la crise. Elle rit. Je ne sais pas pourquoi. Le dernier couplet de Lili était ce qu'elle avait dit de moins drôle depuis une heure ; mais il était fort injurieux. Mauricette éclata de rire. Immédiatement, Charlotte éclata en sanglots.

Et quels sanglots ! Je croyais les connaître, les sanglots de Charlotte ! Je fus épouvanté de ce que j'entendis.

Elle se coucha sur le sol, comme une pauvre bête qui meurt, tira sa jupe d'une main errante et maladroite, pendant que Lili décontenancée la délivrait parderrière. Et ce ne furent pas des pleurs, mais des cris qu'elle poussa, des cris, des cris, des cris...

Teresa me dit vite en passant près de moi :

« On l'a empêchée de jouir. C'est la faute de la gosse. Il ne faut jamais arrêter Charlotte quand elle se branle, ou voilà ce qui arrive. »

La crise était pourtant assez forte, cette fois, pour inquiéter ses sœurs presque autant que moi-même. Avec Teresa, elles relevèrent Charlotte, l'étendirent sur le divan, la prirent dans leurs bras. Mais les grands orages ne cessent pas aussi brusquement qu'ils écla-

tent. Quand Charlotte put vagir à travers ses sanglots, ce furent des phrases désespérées :

« Tu as raison, ma Lili... Je suis aussi bête que putain... Je ne suis qu'une salope et une tourte... Et tout le monde se fout de moi... Et on ne m'aimera jamais... »

ÉPILOGUE

Heureusement pour ma santé, mais par un coup fatal au sein de mes plaisirs, cette existence fut rompue quelques jours plus tard.

Un soir, la concierge me remit ce billet énigmatique et pourtant déchiffrable.

« On nous ennuie là-bas à cause du numéro trois. Je les emmène très loin cette fois-ci ; mais on revient en quinze jours de ces pays-là et nous nous reverrons. Elles t'embrassent. Nous avons été vraiment gentilles, mais toi aussi. Je t'embrasse la dernière. »

Dirai-je que jusqu'à cet instant je n'avais pas assez considéré tout ce qu'une telle aventure m'offrait de singulier, de complexe et d'agréable ? Le désespoir que j'eus à lire ces dix lignes fut cent fois plus violent que n'eût été mon plaisir et si elles m'avaient dit : « Viens ce soir. »

Je me rappelle le proverbe espagnol : *Ayer putas, hoy comadres.* (Hier putains ; aujourd'hui amies intimes.) Ce proverbe fait pour les femmes était plus vrai pour moi que pour aucune commère de Gerone ou de Saragosse. Mais, avec la gaucherie sentimentale de mes vingt ans, je n'eus d'amour pour ces quatre putains qu'une heure après leur départ.

C'est absurde et cependant, me dirait un prêtre, cette absurdité même est une grâce de la Providence ; il eût été plus absurde encore que je prisse

de l'amour pour elles si elles étaient restées quatorze ans à ma porte.

C'est grand dommage que Dieu n'existe pas, car il fait bien tout ce qu'il fait.

Dès que je pus relire à travers mes larmes le billet de Teresa, je devinai qu'il voulait dire : « J'ai eu des ennuis à Marseille à cause de Lili qui est un peu jeune ; l'affaire n'est pas classée ; on m'inquiète jusqu'ici. Je pars pour... (Le Chili ? la Plata ?...) Nous nous reverrons. »

Et plus tard, quand ma douleur me permit de méditer, je me posai comme une obsession ce problème qui depuis le premier jour restait irrésolu :

« Pourquoi, aussitôt après mon aventure avec Ricette, ai-je vu tomber dans mes bras, sa mère, sa sœur cadette et sa sœur aînée ? »

Le problème, à la réflexion, me parut plus facile que je ne le pensais :

Ricette... oui. C'est tout simple.

Teresa... Je ne comprends pas.

Charlotte... Mollesse et docilité.

Lili... toute petite fille désire l'amant de ses sœurs.

Et en fait rien n'est plus commun que de voir trois sœurs se suivre dans le même lit et prendre tour à tour le même homme pour amant Ceci est formellement condamné par les vieux maîtres de la théologie morale, mais les mères ne mettent point entre les mains de leurs filles les bons livres où l'on imprime :

« Ne couchez pas avec l'amant de votre sœur, vous commettriez un inceste. » Les jeunes filles ont bien des excuses.

Cet ouvrage a été composé
par l'Imprimerie BUSSIÈRE
et imprimé sur presse CAMERON
par Bussière Camedan Imprimeries
à Saint-Amand-Montrond (Cher)
en septembre 1995